不遇職［ふぐうしょく］とバカにされましたが、実際はそれほど悪くありません？ 5

KATANADUKI
カタナヅキ

Baru
バル
冒険者ギルド「黒虎《くろとら》」の
ギルドマスター。
人間では珍しく、
大剣を扱う。
Maria
マリア
冒険者ギルド「氷雨《ひさめ》」の
ギルドマスター。
狙った獲物は
逃さない。
Reito
レイト
異世界転生し、
王家の跡取りとして
生を受けた青年。
生まれ持った職業が
「不遇職」だったために
追放されてしまう。
Kotomin
コトミン
人魚族の美少女。
変わり者だが、
レイトにとっては
大切な友達。

Iris
アイリス
レイトを導く
この世界の管理者。
Dain
ダイン
影魔法を
得意とする青年。
基本的に憶病だが、
やるときはやる男。
Rina
リナ
「氷雨《ひさめ》」に所属する
冒険者。
得意武器は槍。
Main Character
主な登場人物

1

――冒険者レイトの手によって腐敗竜《ふはいりゅう》が討伐されてから数日が経過した。

この日、冒険都市ルノへ王都からの使者が訪れた。対応したのは三人のギルドマスターと都市の防衛を任されているアルト将軍であり、使者は今回の腐敗竜の討伐の功労者である冒険者全員に多大な恩賞を与えることを約束した。

だが、腐敗竜の討伐作戦に利用された「聖剣《せいけん》カラドボルグ」に関しては、王国に返却するように指示を出される。全ての聖剣はもとを正せばバルトロス王国が帝国と呼ばれていた時代に作り出されたものであり、勇者が亡《な》き今、所有権は王国にあるとされているのだ。

このため、カラドボルグはレイトの手を離れることとなった。また、冒険都市に長らく滞在していた王女であるナオも、騎士団員の埋葬《まいそう》を終えたあと、王都へ引き返すことが決定した。

カラドボルグの出所については、冒険者ギルド「氷雨《ひさめ》」のマスター、マリアが上手く誤魔化《ごまか》したおかげで、レイトが冒険都市の貴族の屋敷から盗み出したと気づかれることはなかった。また、その貴族も自分の屋敷から聖剣が盗まれたと王都に報告はできない。そんなことをすれば、王都に聖剣の存在を秘匿《ひとく》していたことが露見《ろけん》してしまうからだ。また、冒険都市における最大の権力者であるマリアには逆らえないという理由もある。

さて、腐敗竜による冒険都市近辺の村々の被害は大きく、数千人の死傷者が出た。さらに草原一帯に棲息《せいそく》していた魔物達も一掃されており、腐敗竜が誕生した山村に至っては雑草すら生えない栄養の枯渇《こかつ》した土地に変わり果てていた。

民衆は国王が腐敗竜の一件で援軍を派遣しなかったことに不満を覚え、その一方で腐敗竜の討伐に貢献したナオへの人望は高まった。

ナオが聖剣を使用して腐敗竜に立ち向かった光景は数多くの冒険者と兵士が目撃している。彼女の率いるヴァルキュリア騎士団は壊滅したものの、敵討《かたきう》ちを成《な》し遂《と》げたことが民衆に知れ渡り、支持に繋《つな》がったのである。

使者はさらに、腐敗竜との戦闘で最も活躍した冒険者達を王都に招き、国王が直々《じきじき》に表彰すると伝えた。だが、マリアは腐敗竜に潰された村々の復興が最優先であると言い、冒険都市に避難してきた人々へ救援物資を送るようにと言い渡す。

『今回の被害がどれほどのものなのか、国王にしっかりと伝えなさい。まずは民衆を第一に考えるのが役目でしょう?』

その言葉を受け、使者は慌てて王都に引き返した。

マリアは冒険都市以外にも各地に冒険者ギルドの支部を持っている。もしも使者が逆らえば、彼女は各支部の冒険者達に王国関係者の人間の依頼を受け付けるなという指示を出せるのだ。

冒険者ギルドでは、王国の兵士だけでは対処できない問題も解決することが多い。王国内の最大手ギルドである氷雨から協力を得られない状況に陥《おちい》るのは、王国としては非常にまずい。

使者が引き返してから三日もしないうちに大量の食糧と兵士が冒険都市に送り込まれた。時間はかかるだろうが、腐敗竜に破壊された村や町の復興作業は着実に進行する――

◆◆◆

――そして数か月の月日が流れた。

レイトは愛狼のウルとともに冒険都市を離れ、仲間を引き連れて深淵《しんえん》の森と呼ばれる場所を再び訪れていた。レイトはここで数年間暮らした経験があり、ウルと出会ったのもこの場所である。

ウルの引く狼車に乗っているレイトは、独り言を呟《つぶや》く。

「なんかここに来るのが久しぶりに感じるな。実際は前に来たときからそんなに経ってないはずだけど……」

「ウォンッ!!」

すると、彼の仲間であるゴンゾウ、ダイン、コトミンが口々に言う。

「俺は初めて来たが……ここが噂に聞く深淵の森なのか？」

「な、なあレイト……儲《もう》け話があるから一緒に来てほしいって話だったよな？　それならと思って付いてきたけど、どうしてこんな危険な森の前に停まるんだ？」

「私も気になる」

『ぷるぷるっ……』

コトミンの言葉に、スライムのスラミンとヒトミンの二匹が同意するようにぷるぷると震えた。

レイトが仲間をこの森に連れてきたのは、彼が子供の頃に訪れることができなかった場所に向かうためである。そこに向かうには、仲間の協力が必要不可欠だった。

ゴンゾウは続けてレイトに尋ねる。

「レイト、気になっていたんだがエリナやティナ王女はどうなったんだ？　最近、姿を見ていないが……」

「エリナとティナはもうヨツバ王国に帰ったよ。他の護衛の人もライコフを連れて戻っちゃった」

「ライコフ？　ああ、レイトを襲おうとしたが、結局捕まった森人族《エルフ》の男か……」

エリナとは、森人族《エルフ》の王女であるティナの護衛を務めていた少女である。彼女がレイトと行動をともにしていたのはそうするように命じられていたからだが、腐敗竜が討伐されたことを契機に、本来の役目に戻りレイトと別れたのだった。なお、エリナは別れ際に「わりと早いうちに再会できると思います」という意味深な言葉を告げて立ち去った。

そのことを説明すると、ダインが納得したように頷《うなず》く。

「なるほど。どうも最近は静かだな、と思ってたよ。それで、なんで僕達をこんな不気味な森に連れてきたんだ？」

「この森にお宝があるんだよ。だからみんなで取りに行こうと思ってね」

「本当か？」

「お宝……まさか伝説のマグロ魚人がこの森に棲息しているっ……!?」

「違うわいっ!!　というかなんだ、マグロ魚人って!?」

コトミンの言葉にレイトがツッコんだ。

彼らは改めて前方に広がる深淵の森を見る。

多数の魔物が棲息する森の中からは、常になんらかの生物の鳴き声が聞こえてくる。森のことをよく知らないレイト以外の人間からすれば、非常に不気味だった。

「じゃあ、行こうか」

狼車から降りて歩きだそうとするレイトを、ダインが慌てて止める。

「ちょ、ちょっと待てよレイト!!　そんな軽いノリで入ろうとするなよ……その前に、この森に何があるのかは先に教えろって」

「ああ、そうだった。この森の奥に遺跡があるんだよ」

「「「遺跡？」」」

レイトの発言に全員が不思議そうな表情を浮かべた。

レイトはこの森に暮らしていたときのことを思い出す。

今から二年ほど前、彼はウルとともに獲物を狩るために森の奥地に移動したことがある。今まで彼が行ったことがない場所に向かうときは、この世界の管理者であるアイリスと事前に交信していた。そして危険な魔物がいないことを彼女に確認してから行動していたのだが、そのときのレイトは滅多に見かけない貴重な魔物を発見して追跡するのに集中してしまい、彼女と交信せずにウルを引き連れて森の奥深くに迷い込んでしまった。

二人が辿り着いた場所は、大理石のような素材で構成された建築物が並ぶ遺跡群だった。どうして森の中にこんなものが存在するのか気になったレイトはアイリスと交信し、遺跡の正体を彼女から教えてもらう。

『ここは、バルトロス帝国時代に召喚された初代勇者と小髭族《ドワーフ》が築いた街の跡地です。かつてこの場所で勇者と小髭族《ドワーフ》が力を合わせ、世界中に散らばる「神器《じんぎ》」という魔道具を作り出したんですよ。聖剣も全て、この場所で生み出されました』

『勇者と小髭族《ドワーフ》が築いた……街？』

『初代勇者が死去したあと、帝国の皇帝がこの街を危険視しました。恐ろしい力を持つ魔道具を次々と作り出したことが原因です。すでに作られた魔道具だけを回収したあと、皇帝はこの街を滅ぼしました』

『そんなことがあったのか……』

『神器を開発した小髭族《ドワーフ》は処刑され、生き延びた者は帝国を離れて別の種族の領土に逃げ移っています。深淵の森の中に築いたのは、そのほうが人間に攻め入られにくいと考えたからですね』

カラドボルグをはじめとする聖剣はもちろん、以前レイトが戦った死霊使い《ネクロマンサー》のアイラが使用していた神器もこの場所から作り出されていたのか、とレイトは感心した。

『ちなみに遺跡には外部からの侵入者の対策として、防衛用の人工生物が多数存在します。普通の生物と違い、この場所で作り出された人工生物は半永久的に活動していますので迂闊《うかつ》に近づかないでください。この場所を訪れるのはレイトさんには早すぎます』

『人工生物って？』

『ロボットみたいなものですよ。遺跡にはまだ利用できる魔道具が残っていますけど、今のレイトさんにはどうしようもありません。この遺跡に挑むには、レベルが50以上でなければ危険です』

結局、アイリスの助言を受けて二年前はすぐに引き返したが、今のレイトは相当の実力を身に付けており、ウル以外にも頼れる仲間もできた。そして事前にアイリスと相談した上で、彼は再び深淵の森に戻ってきたのだった。

「俺はこの森に暮らしていたことがあるから道案内は大丈夫だと思う。森の奥に気になるものがあるからみんなにも付いてきてほしい」

レイトが言うと、ダインは怪訝《けげん》な顔をした。

「この森で暮らしていたって……森人族《エルフ》じゃあるまいし、普通の人間がこんな魔物のいるところで生きられるのか？」

「あ、俺は四分の一は森人族《エルフ》だよ」

「……そういえば前に言っていた気がする」

するとゴンゾウがレイトに尋ねる。

「だが、森の中を進むのは危険じゃないのか？」

「大丈夫だよ。ウルがいれば大抵の魔物は襲ってこないから」

「ウォンッ!!」

ウルが元気に吠えた。実際、ウルが傍にいるときは力の弱い魔物は近づきさえしない。さすがに赤毛熊《ブラッドベア》のような強力な魔物の場合は別だが、仮に現れたとしてもレイトとゴンゾウならば単独でも対応できる相手なので問題はない。

「だけど森の奥ということは……もしかして中で夜営する可能性もあるのか？　それはいくらなんでも危険すぎるんじゃ……」

「大丈夫。俺が昔住んでいた隠れ家が残っているはずだから、そこを利用すれば問題ないよ。見張り役はウルと俺が交代で行うから安心して」

レイトに続いて、コトミンが言う。

「そもそもスラミンとヒトミンがいれば魔物が近づいてきても教えてくれる」

『ぷるぷるっ』

コトミンの両手に乗ったスライム達が「任せろ」とばかりに身体を震わせた。

特にヒトミンは感知能力に長《た》けている。魔物が棲息する地域を訪れるとき、感知能力に優れた存在がいることは非常に心強い。

レイトがヒトミンに手を伸ばすと、彼女（多分、雌《めす》）はレイトの腕を伝って肩に移動した。

『ぷるぷるっ……』

「お前、俺の肩の上が気に入ったのか？」

『ぷるるっ‼』

「レイト、スラミンが嫉妬《しっと》してる。この子も反対側の肩に乗せて」

「はいはい……」

両肩に甘えん坊のスライム達を乗せたレイトに対して、ダインは不安そうに尋ねた。

「でも森の中を進むって……どれくらい時間がかかるんだよ？」

「ん～……徒歩だと半日くらいかな？　俺とウルだけなら一時間くらいで辿《たど》り着くと思うけど」

「魔物が巣食う森の中をどんな速度で進めるんだよ、お前らは……」

すると、コトミンがレイトに話しかける。

「レイト、私は水がないと身体が保《も》たない」

コトミンは人魚族であり、水がなければ命に関わる。

「大丈夫。川辺に沿って移動するから水は問題ないよ。ゴンちゃんは気になることとかある？」

「特にない……いや、待ってくれ。食料は問題ないのか？」

「その点も大丈夫。食用の魔物もいっぱいいるからね」

四年間も森で暮らしていたレイトは深淵の森のことを熟知しており、出現する魔物や森の地形、さらには食用となる茸《きのこ》や野草も把握している。

レイトとウルの案内のもと、一行はついに森の中に入った。

「はぐれないように気をつけてね。疲れた人がいたらウルに乗っていいから」

「それは俺もか？」

ゴンゾウが言った。ちなみに彼は巨人《ジャイアント》族という大柄な種族である。

「ゴンちゃんはちょっと難しいかな……今のウルだと圧《お》し潰されそう」

「クゥンッ……」

現在のウルは巨狼化から普通の状態に戻っているため、体格が小さい。

ウルが一行を先導し、スライム達が周囲の警戒をする。さらにレイトも「気配感知」の技能スキルを発動させながら進む。

「ここは前と変わらないな……いや、ちょっとおかしい」

「ウォンッ!!」

「おかしい？　何がだ？」

「魔物の気配が異様に少ない気がする」

半年前、レイトが森で暮らしていたときはどんな場所に移動しても常日頃から周囲には複数の魔物の気配が感じられた。だが、なぜか今は気配がほとんどしない。

「どうなってるんだ？　まさか、何か異変が起きたのかな……」

「……それって腐敗竜のせいじゃないか？　あいつのせいでこの周辺一体の魔物の数が激減してるんだろう？　もしかしたら森の中の魔物もアンデッドにされて操られたんじゃないのか？」

「あ、なるほど……確かにそうかも」

ダインの考察にレイトは納得した。確かに街を襲った魔物の中には、深淵の森に棲息している種が多数存在していた。

念のためにレイトがアイリスと交信して森の事情を尋ねようとしたとき、肩の上に乗っていたヒトミンが彼の頬《ほお》に擦《す》り寄る。

『ぷるぷるっ』

「ん？　どうしたヒトミン？」

「レイト、スラミンも震えてる。何かがいるみたい」

『ぷるるんっ』

ヒトミンとスラミンが同時に震えだした。

レイトは困惑する。彼の「気配感知」では特に反応を感じられなかった。少なくとも周囲にレイト達に敵意を抱いている生物は存在しない。

それでもスラミンとヒトミンが反応していることから何かしらの生物が存在することは間違いな

いと判断し、全員が身構える。

「ま、魔物か!?　どこにいるんだ？」

「ヒトミン、どこにいる？」

『ぷるるっ……』

「……分からないみたい」

「どういうことだ？」

生物が近くに存在することは間違いないが、スラミンとヒトミンでさえも正確な相手の位置が分からないらしい。

全員が背中合わせの状態で周囲の警戒をする中、レイトは瞼《まぶた》を閉じて「心眼」のスキルを発動させて五感を研《と》ぎ澄《す》ます。

「……そこかっ!!」

レイトは自分の傍に存在する樹木の枝の上から何者かがこちらを覗き込んでいることに気づいた。瞼を開いて上空を見ると、樹木の枝の上に一人の幼女が存在した。外見は七、八歳ほどであり、全身を樹木の皮のようなもので覆《おお》い隠している。頭の上にはラフレシアみたいな花が載っていた。

『あれれ～？　見つかっちゃった～？』

「……女の子？」

「いや、違う!!　あれは樹精霊《ドライアド》だぞっ!?」

幼女を見てダインが叫び声を上げる。枝の上からレイト達を覗き込む彼女はくすくすと笑った。

レイトは「観察眼」のスキルを発動して幼女の様子を調べる。すると緑色の髪の毛と思われたのは葉が重なっているだけであり、頭の上に載せている花は頭から直接生えていると判明した。

「樹精霊《ドライアド》……魔人族《デーモン》なの？」

「えっと、こいつらは人間の姿に擬態した魔物のはず……基本的に餌《えさ》を与えれば害はないと図鑑には書かれていたけど……」

『むぅ～なんかそこのお兄さん、すごく失礼なことを言ってる気がする～』

ダインの言葉に樹精霊《ドライアド》は頬を膨《ふく》らませた。人間の言葉を理解できるようだ。

今のところは危険がなさそうだと判断したレイト達は警戒を解く。

すると、ダインが言った。

「お、おい!!　誰か回復薬を持ってない!?　文献によると、樹精霊《ドライアド》は回復薬みたいな身体を治癒する液体が好みだって書いてあったけど……」

『ん～？　何かくれるの？』

樹精霊《ドライアド》が興味深そうに枝の上から下り立ち、結構な高さだったが何事もなく着地する。子供のような外見だが、身体能力は高い。

レイト達はお互いに顔を見合わせ、自分達の荷物を確認する。そして、全員が首を横に振った。

「悪いが、持ってきていない」

「俺は回復魔法が使えるからそもそも使う機会がない」

「私も持ってない」

「くそう……こんなときに限って僕も忘れてきたよ」

『え〜つまんな〜い』

全員の言葉に樹精霊《ドライアド》は唇《くちびる》を尖《とが》らせた。回復魔法を扱える人間がいると、他の回復手段を怠《おこた》ることは新人同士の冒険者パーティではよくある話である。

ダインの話によると、樹精霊《ドライアド》は旅人の間では「幸運の証《あかし》」とされているらしく、ここで彼女の好物を与えられれば何か幸運が起きるかもしれないとのことだ。

「直接回復魔法を与えるのは駄目なの？」

『駄目駄目〜今はお腹空いているの〜』

レイトの質問には、樹精霊《ドライアド》が直接答えた。

「仕方ない……スラミンに回復魔法を施して、体内の水分を吐き出させるか」

「なるほど……さすがはレイト、悪魔的発想」

「いや、そんなことで回復薬ができると思ってんのか⁉　無理に決まってんだろ‼」

『そんなの飲みたくな〜い』

樹精霊《ドライアド》はレイトに近づき、不満そうに彼の胸元をぽかぽかと叩いた。

そのとき、レイトの脳内にアイリスの声が響き渡る。

『レイトさん、樹精霊《ドライアド》は蜂蜜《はちみつ》も好物ですよ。ずっと前に異空間に収納していたものを渡せばいいじゃないですか』

「蜂蜜？」

『え、蜂蜜持ってるの～？　頂戴～』

樹精霊《ドライアド》は涎《よだれ》のような樹液を口から垂《た》らしながらレイトにしがみついた。

彼は仕方なくこの森で暮らしていたときに集めていた、蜂蜜の入った壺《つぼ》を取り出す。この森に棲息する「エネルビー」という蜂型の魔物の巣から採集したものだ。

彼が蓋《ふた》を開けると樹精霊《ドライアド》は嬉しそうに壺を受け取る。

『わ～いっ!!　蜂蜜だぁ～!!』

「微笑《ほほえ》ましい光景だな」

「ごくりっ……美味《おい》しそう」

「ああっ……俺が一年も費やして集めた蜂蜜が……ちくしょおおおおっ!!」

「そんなに悔しがることなのか!?　街に戻れば蜂蜜なんていくらでも買えるだろ!?」

「え、そうなの？」

レイトとダインの漫才めいたやり取りをよそに、樹精霊《ドライアド》は嬉しそうに壺の中の蜂蜜を両手で掬《すく》い取り、飲み始めた。

全てを飲み干す頃になると、樹精霊《ドライアド》の外見が変化した。頭の上のラフレシアみたいな花が、いつの間にか木のように変わったのだ。

『ふうっ……美味しかった～』

「うわ、全部飲んだの？　結構な量があったのに」

『美味しかったよ～お礼にこれをあげるね……よいしょっと』

樹精霊《ドライアド》はレイトに壺を返したあと、自分の頭の上に生えている小さな樹木に手を伸ばし、実った緑色の果実をいくつか手に取って両手をこすり合わせる。数秒後、彼女が掌《てのひら》を開くと、そこにはエメラルドのように光り輝く緑色の宝石が存在した。

『これ、あげる～』

「俺に？」

『蜂蜜をくれたのはお兄さんでしょ？　だからお兄さんの分だけ～』

「なるほど……ありがとう」

レイトはお礼を言って樹精霊《ドライアド》が差し出した宝石を受け取った。光り輝く宝石からは、特別な魔力が感じられる。

『良かったですねレイトさん。それは樹石《じゅせき》という特別な魔水晶《ますいしょう》ですよ。森人族《エルフ》の間ではお守りとしても有名な代物です。しかも土属性の魔法を強化する効果を持っています』

「へえ……樹石か」

「おい、レイト……まずいぞ」

樹精霊《ドライアド》から差し出された樹石を収納魔法で回収していると、ゴンゾウがレイトの肩に手を置いて深刻そうな表情を浮かべる。何事かとレイトが彼に視線を向けると、地面に振動が伝わる。

「グルルルッ……!!」

「なんだお前か……」

「グガァッ!?」

樹木の隙間を潜《くぐ》り抜けて現れたのは、全身が赤毛で覆われた巨大な熊――赤毛熊《ブラッドベア》だった。

その姿を見たレイトは、ため息を吐《つ》きながら背負っていた退魔刀《たいまとう》に手を伸ばす。そして警戒する仲間達より一歩前に出て、赤毛熊《ブラッドベア》の正面に移動した。

「みんなは下がってて、俺がやるから」

「だ、大丈夫なのか？　僕の影魔法で……」

「ダインの影魔法は魔力をかなり消費するんでしょ？　この程度の奴なら一人で十分だよ」

「ガアアッ!!」

赤毛熊《ブラッドベア》は人間の言葉を理解できるわけではないが、レイトの雰囲気から自分が馬鹿にされていると判断し、両腕を広げて威嚇《いかく》した。だが、すでにレイトは退魔刀を構えており、一瞬だけを瞳《ひとみ》を赤く光らせながら大剣を振り抜く。

「――遅い」

「ガハァッ……!?」

次の瞬間、大剣の刃が一瞬にして赤毛熊《ブラッドベア》の胴体を斬り裂いた。

真っ二つに切断された赤毛熊《ブラッドベア》が、驚愕の表情を浮かべたまま絶命する。そのあまりの剣速に周囲の人間達は何が起きたのか理解できなかった。

レイトは自分の恩人であるアリアとの戦いによって手に入れた「剣鬼《けんき》」としての能力を、少しずつ使いこなしていた――

◆　◆　◆

「……僕の記憶だと、確か赤毛熊《ブラッドベア》はBランク級の冒険者でも単独討伐は不可能な魔物のはずなんだけど……本当にレイトは化け物だよな」

「何を今さら……腐敗竜と比べたら、赤ん坊みたいなもんでしょ」

「いや、あんな化け物と比較することがおかしいからね!?」

「いいからダインも手伝ってよ。今日は熊鍋にするんだからさ」

ダインと会話しつつ、レイトはゴンゾウと協力して討伐した赤毛熊《ブラッドベア》の解体をしていた。

他の魔物が血の匂いを嗅ぎつける前に素材の回収をする必要があった。このような状況では「解体」のスキルが役立つ。

周囲の警戒をしつつ、二人は解体を続ける。

赤毛熊《ブラッドベア》の毛皮は防寒具の材料になり、牙と爪は切れ味が鋭いので刃物の代わりに利用できる。また、肉は鍋料理の材料として非常に人気がある。収納魔法で回収すれば時間経過で腐敗することはないので、必要分だけ剥《は》ぎ取った。

「それにしても、まだ森の入口なのに赤毛熊《ブラッドベア》が現れるなんて珍しいな。普通はもっと奥地に棲息するはずなのに」

『それはね～、あの牛みたいな化け物がこっちのほうまで現れたせいだよ～』

解体中のレイト達を面白そうに観察していた樹精霊《ドライアド》が、彼の呟きに反応した。

「牛の化け物？　……ミノタウロスのこと？」

『名前は知らないけど、牛の顔をした、とっても怖い奴～。そいつのせいで森の魔物が困ってるの～』

「グルルル……!!」

ウルがミノタウロスと聞いて、唸り声を上げた。ウルは深淵の森の主であるミノタウロスに親を殺されているのである。

レイトはミノタウロスの話が気にかかり、樹精霊《ドライアド》に詳しい話を聞く。

彼女によると、最近ミノタウロスの被害を受けていた赤毛熊《ブラッドベア》の大群が棲《す》み処《か》を変えたらしく、そのあとを追うようにミノタウロスもこの辺りに現れるようになったらしい。森の生態系が狂ったのは腐敗竜の影響だけではないようだ、とレイトは思った。

「ミノタウロスって……そんな化け物までいるのかこの森⁉　いくらなんでもおかしいだろっ⁉」

ダインが怯《おび》えを見せる一方、ゴンゾウはニヤリと笑みを浮かべる。

「迷宮の番人として有名な魔人族《デーモン》か……腕が鳴るな」

「なんでゴンゾウは嬉しそうなんだよ‼　いくらなんでも相手がやばすぎるって⁉」

不安そうなダインに向けて、レイトが言う。

「でも腐敗竜よりは弱いでしょ？　ダインの影魔法なら余裕余裕」

「いやいやいやっ‼　僕の影魔法にどんだけ期待してるんだよっ⁉　そりゃまあ、腐敗竜みたいな化け物以外の相手なら通用する自信はあるけど……」

「問題ない。レイトがいれば倒せる」

コトミンがさらりと言った。レイトはその言葉に対して「うーん」と唸る。

「それはどうかな……まあ、いざというときは任せてよ。ウル、リベンジマッチの準備はできてるな？」

「ウォンッ‼」

以前にレイトとウルがミノタウロスと遭遇したときは「敵」として認められずに見逃されたが、あれからレイトは成長しており、ウルも新しい技を覚えていた。次こそは自分達を敵として認識させる自信はあり、ウルの両親の敵討ちを果たす覚悟もできていた。

「そろそろ行こうか。あとは森の魔物達に残しておこう」

『もう行っちゃうの～？　またね～』

赤毛熊《ブラッドベア》の解体をある程度終え、レイト達は樹精霊《ドライアド》に別れを告げて先に進む。あくまでも今回の目的は森の奥地にある遺跡の調査であり、長くは留《とど》まれない。

とはいえ今日中に辿り着ける距離ではないので、レイトの隠れ家に立ち寄って夜を明かすことにした。

隠れ家に向かう途中、ゴンゾウが額の汗を拭《ぬぐ》った。

「ふうっ……さすがに疲れたな。体力に自信はあるが……」

「ゴンちゃんは身体が大きいから森の中は進みにくいよね。ごめんね、少し速度を落とそうか」

「すまない、助かる……」

「ぜえっ……ぜえっ……こ、コトミン。そろそろウルの背中、交代してくれよ」

「もうちょっとだけ休ませて……ふうっ、水分補給」

『ぷるぷるっ』

ウルの背中に乗っているコトミンは水筒の水を飲み干し、肩の上のスラミンにも水を与える。彼女の衣服はスラミンの擬態《ぎたい》であり、肩に乗っているように見えるが実際は全身を覆《おお》っている。

レイトもヒトミンに水を与えるために収納魔法を発動して水筒を取り出そうとしたとき、彼の耳に聞きなれた水音が届く。

「もうすぐ隠れ家に着くよ。そこまで頑張って」

「分かった」

「ほ、本当か？　それなら頑張るけどさ……」

「……水の匂いがする」

「ウォンッ‼」

もう少しでレイトとウルが暮らしていた、長い滝の裏にある洞窟に辿り着ける。仮に別の魔物が棲みついていたとしても、力ずくで撃退できるだろう。

レイト達は急ぎ足で隠れ家に向かった。

「見えてきたよ‼　あそこが俺の家‼」

「あそこって……滝？」

「裏のほうに洞窟があるんだよ。元々は別の人の家だったらしいけど……」

「ウォンッ‼」

元々はウルの前の飼い主である森人族《エルフ》が暮らしていた洞窟だ。かつて赤毛熊《ブラッドベア》に襲撃されて荒らされたことがあるが、一晩過ごす程度ならば問題ない。

レイトは仲間を連れて洞窟の入口まで行った。

「久しぶりだな。荒らされてないといいけど……」

「クゥ～ンッ……」

「ん？　どうしたウル？」

洞窟に入ろうとしたレイトに、ウルが擦り寄り、これ以上は近づいてはならないとばかりに引き留める。ウルの行動に疑問を抱いたレイトが洞窟のほうを見ると、酷《ひど》い獣臭《けものしゅう》を感じた。

「なんだ？」

「レイト、この先に何かいるぞ」

「え？　何かって……なんだよ？」

『ぷるぷるっ……!!』

「スラミンとヒトミンが怯えてる……私も怖い」

感知能力が優れているスラミンとヒトミンが激しく震える。

レイトは黙って退魔刀を引き抜き、ゴンゾウも前に出ると棍棒《こんぼう》を構える。

次の瞬間、流れ落ちる滝の内側から、人型の物体が派手に水飛沫《しぶき》を上げながら飛び出してきた。

――ブモォオオオオッ!!

洞窟から現れたのは牛の顔に人間の胴体を持つ生物であった。その右手には巨人族《ジャイアント》用の巨大な斧が握りしめられている。両手首には鎖が引きちぎられた状態の手錠が取り付けられていた。

深淵の森の主、ミノタウロスである。

レイト達は即座に戦闘態勢に入る。

「こいつは……!?」

「み、ミノタウロス!?」

「……びっくりしてちょっと漏れそうになった」

『ぷるぷるっ……』

「グルルルッ……!!」

ゴンゾウは咄嗟《とっさ》に他の人間を庇《かば》うように移動し、ダインは杖を構えて影魔法で拘束する準備をする。コトミンもスライム二体を両手に抱えて身構えた。

だが、彼らが行動を起こす前に、レイトとウルはすでにミノタウロスに向けて駆けだしていた。

「人の家に勝手に入ってんじゃねえよっ!!」

「ブモォッ!?」

レイトは上空から退魔刀の刃を振り下ろし、剣の戦技とバルから教わった「撃剣」の技術を組み合わせた複合戦技、「剛剣《ごうけん》」と彼が名付けた剣技を放つ。

ミノタウロスは右手に抱えていた斧を振りかざし、レイトの剣を正面から受けた。

「くぅっ……!!」

「フゥンッ!!」

大剣と斧の刃が衝突した瞬間に金属音が響き渡り、周囲に衝撃波が生じる。赤毛熊《ブラッドベア》だろうと一撃で倒すことができるほどの威力を持つレイトの攻撃を、ミノタウロスは片腕だけで受け止めた。それどころか、腕に力を込めて逆に弾《はじ》き返す。

「うわっ!?」

「ウォンッ‼」

吹き飛ばされたレイトをウルが背中で受け止めた。

今度はゴンゾウがミノタウロスに向けて走りだす。

「『金剛撃《こんごうげき》』‼」

「ブフゥッ‼」

ミノタウロスは斧を両手で握りながら棍棒を受け止め、激しい振動が両者を襲う。単純な腕力ならばレイトを上回るゴンゾウだが、彼の一撃を受けてもミノタウロスは一歩も引かず、むしろ押し返す。

「ブモォオオオッ‼」

「こ、こいつ……ぬおおっ⁉」

「う、嘘だろ⁉」

巨人族《ジャイアント》のゴンゾウでさえも力負けする光景にダインは動揺を隠せなかった。

気を取り直した彼が慌てて影魔法を発動させようとしたとき、先にコトミンが動く。彼女はスラミンとヒトミンを握りしめながらミノタウロスに近づく。

「『水圧砲』の応用……『水弾《すいだん》』」

「ブフゥッ⁉」

コトミンが両手を握りしめると、スライム達が口からバスケットボールほどの大きさの水の塊《かたまり》を放出した。

水の塊はミノタウロスの顔面と左足に衝突し、怯《ひる》ませる。その隙を逃さず、ゴンゾウは棍棒を手放して拳を叩きつける。

「『拳打《けんだ》』‼」

「グフゥッ⁉」

顔面を殴られたミノタウロスは鼻から血を流し、後退した。「拳打」はレイトも使用する戦技ではあるが、拳闘家《けんとうか》のゴンゾウが使ったほうが威力は圧倒的に高い。

さらに彼はミノタウロスを目掛けて右足を突き出す。

「『蹴撃《しゅうげき》』‼」

「ブモォッ‼」

回し蹴りの要領で繰り出された右足を、ミノタウロスは左腕で受け止めた。そして右手に持ち替えた斧を振りかざす。

棍棒を落としたゴンゾウは咄嗟に両手を交差してガードしようとするが、ダインが先に影魔法を使用してミノタウロスを拘束する。

「『シャドウ・バインド』‼」

「ブフゥッ⁉」

地面を伝う影に拘束され、ミノタウロスの動きが止まった。それを確認したゴンゾウは慌てて棍棒を拾い上げて下がる。

今度はレイトがウルの背中に乗り込み、ミノタウロスに接近して拳を突き出す。

「『撃雷』!!」

「ウォンッ!!」

「ブモォオオオッ!?」

初級魔法である「電撃」と「風圧」が組み合わさったレイトの一撃が腹部に衝突し、初めて悲鳴らしき声を上げながらミノタウロスが吹き飛んだ。

だが、腹部を押さえながらもミノタウロスは立ち上がる。

「ブモォオオッ……!!」

「ちっ……やっぱり、この程度じゃ倒れないか」

全員が身構えるが、ミノタウロスは自分を拘束したダインを睨《にら》んだ。

「ブフゥウッ……!!」

「な、なんで僕を見るんだよ!? 攻撃を仕掛けたのはレイトとゴンゾウだよねっ!?」

「身体を動かなくされたのがよっぽど気に入らなかったんじゃない?」

「そんなことを言われても……」

ゴンゾウの後方に隠れるダイン。魔人族《デーモン》のような強敵との戦闘では、意外と彼の影魔法は有効である。ダインは自分より体が大きい相手を長時間拘束できないが、それでも戦闘中に敵の動きを止められるという利点は大きい。しかもミノタウロスは体格だけでいえばトロールや赤毛熊《ブラッドベア》にも劣《おと》るため、ダインの影魔法も十分に通用する。

「ダイン、合図したらもう一度あいつを捕まえて。今度は確実に仕留めるから」

「わ、分かった!!」

「ウルも手伝えよ。一緒に敵《かたき》を討つぞ」

「ウォンッ!!」

レイトは退魔刀を握りしめ、ウルも彼の隣に並ぶように立つ。レイト達を警戒して、ミノタウロスは斧を両手で握りしめて構えた。

ダインの影魔法での拘束に成功すれば、次の一撃で仕留められる。レイトはそう考え、退魔刀を握りしめながら剣鬼の力を発動する準備に入った。

「まだこの力には慣れてないんだけどな……ふうっ」

「……？」

戦いの最中に瞼を閉じたレイトに対し、ミノタウロスは不思議そうな表情を浮かべるが、その直後に彼の身体から放たれる威圧に気づく。年齢的にはまだ十代後半にも至っていない少年から幾度もの修羅場《しゅらば》を潜り抜けた雰囲気を感じ取り、ミノタウロスは危険を察知して先に攻撃を仕掛けた。

「ブモォオオオッ!!」

「レイト!?」

「危ないっ‼」

他の人間が悲鳴を上げるが、彼は迫りくる斧に向け、瞳を赤く光らせながら退魔刀を構える。

「——遅い」

レイトは凄《すさ》まじい速度で大剣の刃を振るった。

神速という言葉が相応《ふさわ》しいほどのスピードで放たれた退魔刀の刃が、ミノタウロスの斧に命中する。

「ブモォオオオオッ⁉」

次の瞬間、激しい金属音とともにミノタウロスの身体が吹き飛ばされた。

その光景に仲間達が驚くが、当の本人は大剣を振った直後に身体に襲いかかる筋肉痛に顔をしかめていた。

「いてて っ……やっぱり、身体が慣れないな。『回復強化』っと……」

「ブ、ブモォッ……⁉」

「す、すごい……これならレイト一人で勝てるんじゃないのか？」

レイトは退魔刀を握りしめながら魔法で身体を回復し、地面に倒れ込んだミノタウロスに視線を向ける。ミノタウロスは自分よりも劣っているはずの人間に力負けした事が信じられない様子であり、即座に起き上がって次の攻撃を仕掛ける。

「フゥンッ‼」

「おっとっ、攻撃が雑になってるぞ!!」

斧を振り回してくるミノタウロスに対して、レイトは冷静に「受け流し」の戦技を発動する。そして、相手の攻撃を次々と捌《さば》いた。ミノタウロスが戦ってきた生物の大半は魔物のため、技量ならばレイトのほうが上回る。彼は冒険都市の剣の師匠から学んだ「撃剣」の技術も応用して反撃を行う。

「『回転撃』!!」

「ブモォッ!?」

レイトが身体を回転させながら横薙《な》ぎの一撃を繰り出した。ミノタウロスは斧で防いだが、体勢を崩《くず》してしまう。

その隙を逃さずに、ウルが前に飛び出す。

「ガアアッ!!」

「ブフゥッ!?」

腹部に向けてウルが体当たりし、そのままの勢いでミノタウロスを押し倒す。そして首に牙《きば》を食い込ませ、力ずくで引き裂こうとした。

「やったか!?」

「いや、駄目だっ!!」

「ガウッ!?」

「ブフゥウウゥッ……!!」

刃のように鋭く研ぎ澄まされたウルの牙がミノタウロスの首に食い込んだ瞬間、なぜか噛みついた側のウルが戸惑う。首の筋肉が異常なまでに硬質化されており、牙が内部にまで届かない。

「ガアアアッ……!!」

「ブモォッ……!?」

それでもウルは意地でも首の肉を引きちぎろうと噛みつく。

ミノタウロスは必死に引き剥がそうとするが、ダインが影魔法を発動した。

「『シャドウ・バインド』!!」

「ッ……!?」

ダインの影がミノタウロスの肉体を拘束し、相手の動きを完全に止めた。

ウルがこの隙を逃さず一気に首の肉を噛みちぎろうとした瞬間、ミノタウロスの斧に異変が起きた。

「ブフゥウウゥッ……!!」

「ガアッ……!?」

「な、なんだっ!?」

「柄《え》が……伸びたっ!?」

斧の柄が唐突に変形して、「ハルバート」のような形になったのである。

ミノタウロスは自分の首筋に噛みついているウルに向けてハルバートを振り払う。

「フゥンッ!!」

「ウォンッ!?」

「ウル!!」

ハルバートの刃が衝突する寸前にウルは離れるが、そのせいで首を噛みちぎることはできなかった。ウルは仕方なくレイトのもとに引き返す。

身体が自由になったミノタウロスは起き上がり、ハルバートを振り上げた。

「ブモォオオオオッ!!」

「いかん!!『硬化』、『不動』!!」

ゴンゾウが前に出て、両腕を交差させて防御のスキルを発動した。巨人族《ジャイアント》だけが扱える、筋肉を凝縮させて防御力を強化する戦技である。

ゴンゾウはしっかりと両足を踏みしめて、ミノタウロスの攻撃を素手で受け止めた。

「フゥンッ!!」

「ぬぐぅっ!?」

「ゴンちゃん!?」

「す、素手で受け止めた!?」

周囲に金属音のような轟音《ごうおん》が響き渡る。ゴンゾウの両腕が切断されることはなかったが、それでも彼の右腕には刃が食い込んでいる。

ミノタウロスは筋肉を膨張《ぼうちょう》させ、力ずくで斬り裂こうとした。

「ブモォオッ……!!」

「ぐぅうっ……!?」

「やめろっ!!」

ゴンゾウの右腕が切断される前に、レイトがミノタウロスに退魔刀を振り下ろした。その攻撃を相手は後退して回避し、ハルバートが右腕から離れた。だが、刃が引き抜かれたことで辺りに血飛沫が舞う。

「ぐああっ!!」

「動くなっ!!　すぐに回復させるから……」

「レイト、ゴンゾウは私に任せる」

「コトミン?」

ゴンゾウに回復魔法を施そうとしたレイトの肩に、コトミンが手を置いた。そして彼の代わりにゴンゾウに近づくと、彼女はすぐ傍に流れている滝の水に両手を伸ばす。それから掌に水を溜めて、彼の傷口に塗り込んだ。

「ぐおっ!?」

「動かないで……今、治す」

「これは……人魚族の回復魔法か？」

コトミンは魔法名らしき言葉を唱えて、水で洗い流された傷口に掌をかざした。

すると傷口が光り輝き、ゴンゾウの顔色が元に戻る。レイトの「回復強化」よりも回復の速度が高く、しかも多少の体力まで回復させる効果があるようだ。

ゴンゾウは驚いたように言う。

「これは……すごいな、もう痛くない。まるで回復薬を使ったときみたいだ」

「水？」

「それはここの水が綺麗なおかげ……普通の水なら応急手当くらいしかできない」

「私は水に魔力を与えて『回復液』を生み出せる。だから水さえあれば回復魔法が使える」

コトミンの説明によると、彼女が扱ったのは人魚族に伝わる「精霊魔法」の一種だという。水が清潔であるほど回復効果が高いらしい。

「ブモォオオオッ!!」

「うわっ!?　また来たぁっ!?」

「ちっ!!」

ゴンゾウが回復している間に息を整えたミノタウロスが、ハルバートを振り回しながらダインに接近した。その攻撃をレイトが前に出て退魔刀で受け止める。武器の形状が変化したことでミノタウロスの攻撃のパターンが変化しており、今度は力任せに振り回すのではなく、波状攻撃を繰り出していた。

ミノタウロスは柄をレイトの胴体に向けて突き刺す。

「フゥンッ!!」

「うわっ⁉　危ないだろっ!!」

「ブモォッ⁉」

レイトは全身の筋肉を利用する「撃剣」の技術を利用して、ミノタウロスの攻撃を弾《はじ》き返した。

大剣とハルバートの刃が衝突する度に激しく火花が舞い散る。腕力で劣るレイトは、間違っても鍔迫《つばぜ》り合いにならないように気をつけながら刃を交えた。

「『兜砕《かぶとくだ》き』!!」

「ブモゥッ⁉」

ミノタウロスはハルバートの柄で退魔刀を受け止めるが、自分より一回り以上も小さい人間の子供から繰り出されるとは思えない威力に戸惑う。

今やレイトはミノタウロスを圧倒していた。

「これで……終わりだっ!!」

「ブフゥッ……⁉」

「ウォオオオンッ!!」

下から振り抜いた大剣がハルバートを弾《はじ》き返した。その隙を逃さずに、ウルが牙を向けミノタウロスに接近する。先ほどのように首を狙うつもりなのか、と相手は咄嗟に首筋の筋肉を硬質化させるが、接近したウルの狙いはミノタウロスの胴体であった。

ウルはミノタウロスの脇腹を目掛けて噛みつき、一気に斬り裂く。

「ガアアッ!!」

「ブモォッ……!?」

ミノタウロスの左脇腹から凄まじい量の血液が噴出《ふんしゅつ》した。

「ブモォオオッ……!!」

「まだ……戦う気か」

「グルルルッ……!!」

大量の血液を漏らしながらもミノタウロスは戦意を失っておらず、ハルバートを握りしめてウルと向かい合う。だが、ウルの牙によって抉《えぐ》られた傷は深く、ミノタウロスが倒れるのは時間の問題だった。

「クゥンッ……」

「ウル?」

そのとき、ウルはミノタウロスに背中を向け、レイトのもとに戻る。そして、もう満足したとばかりにレイトに向けて首を横に振った。

そんなウルの行動にレイトは笑みを浮かべる。

「分かった。お前がいいなら見逃すよ」

「ウォンッ‼」

「えっ⁉　殺さないの⁉」

レイトの発言にダインが驚愕するが、そんな彼にコトミンとゴンゾウが呆れた表情になる。

「ダイン……空気を読む」

「うむっ……」

だが、自分を見逃そうとしているレイト達に気づいたミノタウロスは怒りの咆哮《ほうこう》を上げた。

「ブモォオオオオッ‼」

情けをかけられるのならば死を選ぶ、とでも言うようにミノタウロスは激昂《げっこう》するが、レイトは退魔刀を背中に戻して接近し、片膝をついているミノタウロスと向き合う。

「お前は殺さないよ。前に会ったとき、お前も俺達を殺そうとはしなかっただろ？」

「ブモォッ……‼」

「お前が弱者に興味がないように、俺達も弱者を痛めつける趣味はない。だから消えろ」

ミノタウロスはレイトの瞳を見つめ、恐怖で震えた。ミノタウロスは、自分が巨大な「鬼」と遭遇したかのような感覚に陥ったのだ。長年、様々な魔物や人間と戦い続けたミノタウロスにとって、一人の少年に怯えるなど初めての経験だった。

ミノタウロスはゆっくりと起き上がる。

「ブフゥウウッ……」

「あ、おい……置いてちゃった」

右手に握りしめていたハルバートを落とし、その場を立ち去ってしまった。

その後ろ姿を見送りながら、レイトはミノタウロスが置いていったハルバートをどうするべきか悩む。

するとアイリスの声が脳内に響く。

『それは初代勇者が作り出した神器「アックス」ですね。柄の部分に特別な細工が施されていて、レイトさんの「形状変化」の能力のように長さを変えられるんですよ。刃の部分にある窪《くぼ》みに魔石を装着すると、魔法の力も使えますよ』

『神器か……こんなのもあるんだな』

『神器は武器だけじゃないですよ。あの死霊使い《ネクロマンサー》のキラウが使用していた、背中に魔力の翼を生やす魔道具も神器の一つです。使用者の魔力を吸収して翼を生やし、空を飛ぶことができます』

『へえっ……』

アイリスとの交信を終え、レイトはハルバートを試しに拾い上げようとしたが、想像以上の重量に持ち上げるどころか動かすこともできなかった。

「重いっ⁉　このっ……駄目だ、俺だと持ち上げられない」

「貸してくれ」

ゴンゾウが近づき、両手でなんとか持ち上げる。

「くっ……これは重い。だが、相当な業物《わざもの》だろうな」

「武器としては使えそう？」

「無理、だな。悔しいが今の俺では扱いきれない」

せっかく手に入れた「アックス」という神器だが、ひとまずは滝の裏の洞窟に保管するしかなかった。レイトの収納魔法ならば回収できるかもしれないが、相当な重量であるため、下手をしたら収納魔法の制限重量を超える可能性がある。

ダインがため息を吐きながら言う。

「はあ……だけど、本当によく生き残れたよな僕達。ミノタウロスなんて、普通はA級の冒険者でも五、六人じゃないと討伐できない相手だろ？」

「だから腐敗竜と比べたらどうってことないでしょ」

「いや、そうなんだけどさ……もういいや、レイトと付き合ってると本当に寿命が縮みそうだよ」

「人を疫病神《やくびょうがみ》みたいに言うな。まあ、邪神みたいなのと付き合ってるけど」

『誰が邪神ですかっ!!　呪いますよこのヤロー!!』

「ごめんごめん……」

アイリスの声に、レイトは誰にも聞こえない声量で謝罪した。

無事にミノタウロスを撃退したレイト達は洞窟の中に入り込もうとするが、数歩ほど歩いたところで全員が顔をしかめる。洞窟の内部は荒らされており、魔物の死体の残骸《ざんがい》が散らばっていた。先ほどのミノタウロスの仕業であることは間違いなく、どうやら棲み処として利用していたらしい。

「ああ……人の隠れ家をこんなに汚して。ウル!!　やっぱり、あいつの匂いを追ってお仕置きするぞっ!!」

「クゥ～ンッ……」

ウルが消極的な調子で鳴き、ダインはツッコミを入れる。

「いや、それだとなんのために見逃したのか分かんなくなるだろ!?　さっきまでのやり取りはなんだったんだよ!!」

ゴンゾウが洞窟を見回しながら言う。

「ここは使えそうにないな……掃除するにしても時間がかかりすぎる」

「仕方ない。別の場所に移動するか……あっ」

レイトは隠れ家の代わりになる場所はないかと思いを巡らせ、一つ妙案を思いついた。

◆◆◆

――滝の洞窟から移動したレイト達が向かった先は、森の中に存在する「屋敷」であった。レイトが生まれてすぐに連れてこられてからずっと過ごしてきた場所であり、約四年半ぶりに帰還を果たしたことになる。事前にアイリスから聞いた情報では、現在は誰も住んでおらず、使用人もすでに消えているとのことだった。

レイトは仲間達に建物の紹介をする。

「ここは俺の家だよ。今は……誰も住んでないようだけど」

「こ、こんな立派な屋敷が、か？　話には聞いていたけど、本当に王族だったんだな……」

「まさかこんな森の中にこれほどの屋敷があるとは……」

「おおっ……でかい」

『ぷるぷる』

「クゥ～ンッ……」

レイトとしてはやや複雑な気持ちだったが、この森の中でこれ以上に安全な場所は存在しない。魔物の侵入を阻《はば》む腐敗石と結界石で守護されているため、襲われる心配がないのだ。

「ちょっと待ってて……今から開けるから」

昔は鉄柵《てっさく》を乗り越えるか、鉄格子《てつごうし》を「形状変化」のスキルで折り曲げてこっそり潜り抜けるしかなかったが、今のレイトは鍵に触《ふ》れるだけで開錠できる。

レイトは鉄製の門に取り付けられた鍵を開錠して、仲間達に言う。

「よし、早く中に入って」

「お邪魔します」

「ここって一応、王国が管理してるんだろ」

「邪魔をする」

「ほ、本当に勝手に使っていいのかな……ここって一応、王国が管理してるんだろ」

「自分の家に入るのに許可なんていらないよ」

仲間達が中に入り込み、最後にレイトが通って門を閉める。

森の中には鉄製の門など簡単に突破する魔物も多数存在するが、鉄柵に取り付けられている防衛用の魔石のおかげで屋敷の周囲に魔物が近づくことはない。この屋敷は元々王国の重要人物を隔離、あるいは避難させるために建てられた屋敷なので、防衛面は非常に優れている。

現在は誰も住んでいないが、それは子供であったレイトが屋敷から脱走したことが原因である。使用人達が彼の脱走の協力をしたのではないかと疑われたのだ。そのため、屋敷の管理を任されていた人間は全員、王都に呼び寄せられて尋問を受けた。といっても、この世界には相手の嘘を見抜くスキルが存在するので拷問されるようなことはなかったのだが。

それでも子供一人を取り逃がした罪は免《まぬか》れず、使用人達は解雇を言い渡される。彼らの多くはレイトのように「不遇」と認識されている職業であり、新しい仕事に就くことは難しい。そのため中には路頭に迷う者もいた。しかし、多くの人間はレイトの母親であるアイラの願いで、彼女が世話になっている侯爵家の使用人として再び仕えているという。侯爵としても気心の知れた相手のほうがアイラも安心すると判断しての行動である。

「ここを出てから四年以上経つのか……あ、懐《なつ》かしいなこれ」

レイトは庭の花壇を見て呟いた。

現在はすっかり荒れ果てて雑草しか生えていないが、昔はメイドのアリアとともに花壇の世話していた。「栽培」のスキルと薬草に関する知識を得るために育てていたが、せっかく育てた植物がなくなっていることを残念に思う。

「ここで毎日素振《すぶ》りをしていたな」

レイトは花壇の近くにある井戸に近づく。昔はアリアとともに剣の鍛錬《たんれん》をしたあと、井戸水で汗を洗い流していた。管理する人間がいないせいか随分と寂れていたが、こうして見るとかつての思い出が蘇《よみがえ》る。

続いてレイトは地面に落ちている木刀を発見し、拾い上げる。

「昔はこれでアリアと訓練をしてたなぁっ……こんなに小さかったのか」

彼が思い出すのは、アリアと過ごした記憶ばかりだった。もしかしたら家の中に入れば彼女がひょっこり迎えてくれるのではないかと考えたが、そんなことがあり得るはずはない。

レイトは気を取り直し、屋敷の中に入った。

「ただいま」

誰かいるわけでもないが、レイトは無意識にそう口にした。屋敷内は外に比べてそれほど荒れておらず、今にもアイラやアリアが顔を出しそうな雰囲気が残っていた。

『あら、今日もお外で遊んでたの？』

『あ、坊ちゃま!!　お勉強の時間ですよ!!』

レイトの脳裏《のうり》にアイラとアリアが自分を迎える光景が浮かび、不覚にも彼は目頭を押さえてしまう。

そんな彼にコトミンとウルが擦り寄った。

「レイト、悲しいときは泣いてもいい」

「クゥ～ンッ……」

「……ありがとう。だけど、平気だよ」

「無理をするな」

「その……事情はよく分からないけどさ、元気出しなよ」

『ぷるぷるっ』

ゴンゾウとダインもレイトに慰《なぐさ》めの言葉をかけ、スライム達は彼の肩に移動して「泣かないで」と言うように頬擦りした。

仲間達の反応にレイトは苦笑し、今の自分には外の世界で得られた友人がいるのだと再認識した。

「あ、そういえば……ここに武器庫があったんだよな。何かないか見てくる」

「武器庫？　なんでそんなものが屋敷に……いや、こういう場所に存在するんだから、武器くらい保管していてもおかしくないよな」

「みんなは自由にしてていいよ。敷地の外に出なければどこに行っても安全だから」

「分かった」

「私は井戸水を浴びてくる」

「なら僕は適当にぶらつくよ」

「あ、一応言っておくけど、屋敷の品物を勝手に持っていくのはやめておいたほうがいいよ……」

「わ、分かってるよっ!!」

レイトの言葉に、ダインはギクリとしながらもそう言った。

仲間達に向けて、レイトはさらに言う。

「それと、黒色の扉にだけは入らないでね。色々と見られたらまずいものがあるから……」

「まずいもの……子供の頃に隠した、おねしょしたあとのお布団?」

「隠すかっ!!」

この屋敷にある黒い扉の先は、秘密の書庫である。そこにはかつて暗殺された王国の重要人物の報告書が保管されており、まさに王国の「闇」が隠された場所であると言える。レイトが脱出した時点ですでに書庫の中身は別の場所に移送されている可能性が高いが、念のために他の人間が近づかないように注意しておいた。

全員と別れたあと、レイトは武器庫に向かう。こちらも書庫と同様にアリアから近づくことを禁止されていた場所だが、今は誰もいないので気にせず中に入ることができる。

武器庫の扉の前に着いたあと、レイトはアイリスと交信した。

『アイリス』

『わんっ‼　あ、普通に呼びましたね……今回は犬みたいな呼ばれ方をするのかと予想してたのに』

『それならそこは「わん」じゃなくて「わぅんっ」と吠えなさいっ‼』

『わぅんっ‼　……いや、言っておいてなんですけど、どんなこだわりなんですか？』

雑談もそこそこに、レイトは彼女から武器庫について質問する。

『部屋を開けたら爆発したり、刃物が飛び出したりはしない？』

『いや、ここは重要な屋敷なんですよ？　火事が起こりそうになる罠はありませんよ。でも、まさかレイトさんがここに戻ってくるとは予想外でしたね。もしかしたらいい機会かもしれません』

『え、どういう意味？』

『この屋敷にはとある武器が隠されています。隠した人間はかつてこの屋敷で殺された人間の一人です』

『ちょっと待って⁉　俺の家で殺人事件が起きていたの⁉　初耳なんですけど‼』

『そりゃそうですよ。ここは本来、王族を隔離するために用意された場所なんですから。王国に不都合な人間はばんばん殺されています』

『知りたくなかったよ、そんな事実‼』

脳内で大声を上げるレイトを無視し、アイリスは話を続ける。

『レイトさんが脱出したあと、この屋敷で保管されていたものは全て別の場所に運び出されました。ただ、この屋敷にはまだ王国の人間でさえも知らない隠し場所があるんです』

『隠し場所……』

『実は過去にレイトさんのように不遇職という理由で監禁された王族がいました。その人は自分が近いうちに殺されると気づき、どうにか生き残るために王家の宝物庫から盗み出した「神器」をこの屋敷に隠しました』

『そんなものがあったのか……ちなみにその人の職業は何？』

『初級魔術師です。レイトさんも使っている初級魔法だけしか扱えない職業ですね。当時は不遇職でしたが、今の時代では色々とあって結構優遇されている職業なんですよ』

『へ～……時代によって評価が変わることもあるんだ』

『ええ。その方は自分に唯一味方してくれた家臣の力を借りて、神器を屋敷に運び込むまでは成功したんですが……結局は神器を隠したあとに殺されてしまいました』

『わざわざ神器を持ってきたのに殺されたわけか……可哀想だな』

レイトはその王族に同情したが、今はそれより神器の隠し場所のほうが気になった。

彼はアイリスに尋ねる。

『でも、それほどすごそうな道具があったなら、もっと早く教えてくれれば良かったのに。屋敷から抜け出すときに持ち出せなかったの？』

『教えても良かったんですけど……正直に言えば、四年前のレイトさんでは到底扱えない代物だったので黙っていたんですよ。それに、この隠し場所というのが非常に厄介で、当時のレイトさんじゃどうにもできなかったんです』

『え？　そんなに危ないところがこの屋敷にあるの？』

レイトは赤ん坊の頃から、武器庫を除いて屋敷の中を隈《くま》なく探索した。アイリスが告げるような危険な場所には心当たりがない。

『もったいぶらずに、神器の正体と隠し場所を教えてよ』

『う～んっ……私としては今のレイトさんに必要なものなのか疑問なんですよね。まあ、あったら便利、程度だと思ってください。隠し場所は武器庫ではなく、庭にあります』

『庭？』

レイトは少し驚いたが、すぐに神器の在り処に思い当たる。

『そうか、地中に隠してあったのか!?』

『ＹＥＳ!!　隠し場所は庭の地面の中です』

アイリスの言葉にレイトは納得した。

初級魔法の中に、「土塊《どかい》」という魔法がある。これは地面を変形させるもので、「土塊」を使えば深い穴を掘ることだって可能だ。

神器を隠した「初級魔術師」の王族が扱える魔法は、初級魔法だけ。彼は「土塊」を利用して地中に神器を隠したに違いない、とレイトは考えたのだった。

『庭に花壇がありますよね？　あれは、殺された王族の人が隠し場所の目印として作ったものなんです。神器は頑丈な金庫の中に入れて埋められましたよ』

『そうだったのか……地中に隠したということは相当に深いの？』

『深いです。正直、『土塊』の魔法を高レベルに扱える人間じゃないと掘り起こせないほどです。軽く百メートル以上は掘り起こさないと手に入りません』

『なるほど……子供の頃の俺では手が出せないって理由が分かった』

子供の頃のレイトはアリアとともに行動することが多かったため、一人で自由に行動できる時間がなかった。仮に掘り起こすとしたら夜間になるが、当時のレイトにはそれほどの深さを掘れる量の魔力がない。また、たとえ無事に神器を掘り起こせたとしても花壇が荒れてアリアに怪しまれてしまう。さらに、無事に神器を掘り起こせたとしても別の場所に隠さなければならない。

レイトはアイリスが話さなかった理由を理解し、続けて尋ねる。

『神器の名前は何？』

『名前は「チェーン」と言います。拘束用の道具として作り出された鎖《くさり》なんです』

『鎖？』

『ヒヒイロカネという金属と銀の合金で構成された鎖です。先端には十字架のような短剣が取り付けられており、相手を拘束するだけでなく、身体に巻きつけて防具にも利用できる優れ物です。鎖に魔力を送り込めば自由に操作することもできますね』

『へえっ……』

『ただし、使用する度にかなりの魔力を消費します。それだけに使い手を選ぶ武器なので、王家の宝物庫に保管されていたんですけど……』

『なるほどね』

レイトは交信を終え、めぼしいものがなかった武器庫をあとにして屋敷の庭に向かう。

庭の花壇は荒れているが、アイラが大切にしていた果実の木は健在である。

レイトは樹木に掌を押し当てた。

「ただいま……帰ってきたよ」

そう呟いたとき、樹木の枝に一つだけ実っていた果実が彼の目の前に落下した。

落ちる寸前で果実を受け止めたレイトは、驚きながらも笑みを浮かべる。

「お帰りと言っているのか？　ありがとうな……すっぱっ⁉」

果実に噛りつくと、以前食べたときと比べて随分と酸味が増していた。

レイトは顔をしかめつつ、花壇に近づく。そしてすでに雑草しか生えていない花壇の地面に掌を押し当て、魔法を発動させた。

「――『土塊』‼」

詠唱の直後、花壇の地面に罅《ひび》が入り、彼の掌の左右の地面が盛り上がる。それと同時に、中央の土が陥没していった。

レイトは地中に魔力を流し込み続け、地面を掘り進めていった。

「くっ……これ、結構きつい‼」

『頑張ってください。あと五十メートルくらいですよ』

魔法を得意とする森人族《エルフ》の血を引き、さらに魔術師の中でも魔力容量が大きい「支援魔術師」の職業のレイトではあるが、さすがに百メートルを超える穴を掘るのは難しい。少しでも集中力を欠くとせっかく操作した土砂が元に戻りそうになる。

レイトは懸命に魔力を操作し、やがて彼の両手の左右に盛り上がった土砂が屋敷の屋根を上回る量にまでなった。

そしてついに、彼は穴の底にある異物を発見する。

「あれかっ⁉」

『そうですっ‼ それが神器の保管された金庫ですよっ‼』

レイトは金庫を回収し、即座に地上へ引き返して花壇を元の状態に戻した。

こうしてレイトは無事に神器を入手した。レイトが数百メートルも穴を掘れたのは、樹精霊《ドライアド》からもらった「樹石」のおかげである。土属性の魔法が強化されたことにより、通常時よりも操作できる土砂の量と速度が増していたのだ。

「さてと……さっそく開けるとしますか」

土まみれの金庫に掌を構え、レイトは錬金術師のスキル「形状高速変化」を発動して鍵を開錠して蓋を開け放つ。

「これが神器？」

中に入っていたのは銀色に光り輝く鎖だった。外見は普通の鎖にしか見えないが、先端の部分にはアイリスの情報通りに十字架のような短剣が取り付けられている。

「ただの鎖にしか見えないけど……これはどう使うんだ？」

『その「チェーン」は魔力を流し込むと操作できると言ったじゃないですか。試しにレイトさんがよく使う技術スキルの「重力剣」の要領でやってみてください』

「なるほど」

レイトは左腕に鎖を巻きつけ、樹木に向けて構える。そして狙いを定め、鎖を放つイメージをしながら魔力を流し込んだ。

「行けっ!!」

レイトの言葉に反応したかのように鎖が動きだし、先端の短剣が樹木に向かって放たれた。

鎖を樹木に巻きつかせるつもりだったレイトは、予想外の結果に動揺した。

「あっ!?　は、母上が大切にしていた木がぁっ!!」

『落ち着いてください。別に今はアイラはいないんですから、怒られる心配はいりませんよ』

「ま、まぁそうか……でも可哀想なことをしたな」

『あ、待ってください。その状態で「回復強化」の魔法を施せませんか？』

「え？　どうやって？」

レイトの使用する唯一の回復魔法、「回復強化」は直接相手に触れるか、あるいは至近距離で掌を構えない限り発動できない。彼と果実の実っていた樹木との距離は離れているため、「回復強化」は使えない。

アイリスはレイトの問いに答える。

『鎖に「回復強化」を使ってみてください。その神器は聖属性の魔力を帯びやすいので、鎖を巻きつけた状態、あるいは短剣で突き刺した状態なら鎖を通して回復させられるかもしれません』

「なるほど……というかお前、最近は普通に話せるようになったな。昔は交信しないとしゃべれなかったのに」

『大分レイトさんの魂《たましい》の波長を掴めましたからね。もしかしたら、近いうちに実体化もできるかもしれません』

「スケルトンに？」

『なんでやねんっ!!　実体化するとしたら妖精的な感じになりますよ!!　まあ、まだ無理なんですけどね……』

雑談しながら、レイトは左腕のチェーンに右手を構えて「回復強化」を発動した。

すると鎖全体が光り、短剣が突き刺さった樹木も輝いた。魔法の効果が伝わっているらしい。

「おおっ、これは便利だな。ホーリーチェーンと名付けよう」

『その名前はかなり危ない気がしますけど……まあ、うまく利用してみてください』

「あ、すごい!! 滅茶苦茶動くっ!!」

今までも鎖の類《たぐい》を「形状変化」のスキルで操作することはあったが、レイトの左腕に巻きつけられた「チェーン」は彼の意志に合わせて自由自在に動く。しかも原理は不明だが、鎖の長さは自由に変化させられた。伸ばせば伸ばすほど消費する魔力は増加してしまうが、基本的には便利である。

また、空中に浮かばせることが可能で、地面に落とす心配もない。

「これはすごいな。みんなに自慢しよう」

新しく手に入れた神器に満足しながら、レイトは屋敷の中に戻ろうとする。

そのとき、ふと見た金庫に何かが入っていることに気づいた。開けるときは見逃していたらしい。

「なんだこれ?」

金庫の底に入っていたのは一枚の写真だった。地球と違い、こちらの世界にはカメラなど存在しない。それにもかかわらずこんなものがあることにレイトは驚いた。

写真には見知らぬ少年の集団が描かれていた。

『それは過去に召喚された勇者の写真ですね。こちらの世界に送り込まれた一人がカメラを持っていたので、記念に撮影したものです』

「それを殺された王族の人が持ってたってことは……その人は勇者と関わりがあったの?」

『そうです。捨てるのもなんですし、取っておいたらどうですか？』

「そうだな。これは収納魔法で回収しておいて……よし、さっそくみんなにこのチェーンを見せつけよう。見て見て～格好いいでしょこれ～欲しいと言ってもあげないもんね～」

『随分久しぶりの幼児退行ですね……実家に戻ったせいでしょうか』

レイトは仲間のもとに戻り、新しい武器を手に入れた自慢をする。その後は夕食の時間だったため、「調理」のスキルを発揮して自分の手料理を振る舞ったのだった。

◆　◆　◆

数年ぶりに実家で一夜を迎え、レイトは仲間とともに森の中の遺跡に向かった。

そしてしばらく歩き、彼らはとうとう目的地に到着した。

「ここが……レイトの言っていた遺跡なのか？」

「そうだよ。気をつけてね……来るのは二年ぶりになるな」

「なんだここは……」

「建物が全部大きい……」

「クゥ～ンッ……」

『ぷるぷるっ』

遺跡の周囲は大理石のような材質の壁に囲まれていた。高さは十メートルほどである。出入口として東西南北に門が設置されており、現在は開かれていた。

レイト達は門を潜り、遺跡を眺める。

ここはかつて街だったというアイリスの情報通り、いくつもの建物が並んでいる。多くは古代ギリシャを想像させる様式の建築物だったが、中には日本家屋のような木造の建物もあった。

ダインが遺跡を見て呟く。

「……こんな森の奥に人工物が存在するなんて信じられないよ。随分と荒れてるな……もう何百年も放置されているみたいだけど……」

続いて、ゴンゾウが遺跡の一つに目を向けて言う。

「巨人族《ジャイアント》も住んでいたのは間違いないな。この建物は大きすぎる」

「人魚族もいたかもしれない」

コトミンが町の中に流れる整備された小川を見て言った。

「昔は多くの人間が住んでいたようだが……どうしてこんな危険な場所に街を作り出したのか気になるな」

ゴンゾウが言った。レイトはその理由をアイリスから聞いているが、説明するとどうして知っているのか聞かれてしまうため、あえて何も言わない。

そのとき、ダインがとある建物の柱を指さす。

「あ、みんなこれを見ろよっ‼　これって旧帝国《エンパイア》の紋章じゃないのかっ⁉　まさかここって奴らのアジトなんじゃ……」

「いや、単純に帝国時代に作り出された建築物じゃないの？」

レイトはダインにそう言った。「旧帝国《エンパイア》」の紋章は、かつてのバルトロス帝国が使っていたものと同一である。そのため、近くに旧帝国《エンパイア》がいると心配する必要はないだろう。

だが、ここが安全というわけではない。アイリスの情報では、ここには過去のレイトではどうにもできないような危険な存在が五体いるらしい。

レイトは仲間達に声をかける。

「油断しないで。門が解放されているんだから、魔物がいてもおかしくない。気をつけて進もう」

「わ、分かってるよ」

「ウル、お前の嗅覚が頼りだ。スラミンとヒトミンも何か感じたら伝えろよ」

「ウォンッ‼」

『ぷるぷるっ』

レイトの言葉にウルとスライム達が応《こた》えた。

先行をウルに任せて、レイト達は移動を開始する。

数百年も放置されている建物はほとんどが倒壊しており、人間が住んでいた痕跡《こんせき》は消えていた。

しばらく警戒しながら進んでいたが、不思議なことに魔物の姿が一匹も見えない。

「おかしいな……結界石や腐敗石が取り付けられている様子はないのに、魔物が全然いない」

「それは俺達にとってはいいことなんじゃないのか？」

ゴンゾウの言葉に、ダインは首を横に振って言う。

「いや、確かにレイトの言う通り、魔物がこの遺跡に寄りつかないのは変だよ。普通、こういう場所ならゴブリンやコボルトとかが棲み着きそうなのにな……」

「さっき見たけど、川には魚が普通にいた。餌がまったくないわけじゃない」

コトミンが言った。その事実は、レイト達の不安を煽《あお》る。森の中の魔物達は、明らかにこの遺跡を避けているのだ。

ダインが身を震わせながら言う。

「な、なんでだろう……魔物と遭遇しないのはいいことなのに、逆に不安になってきたよ……」

「うむ……気をつけたほうがいい」

「問題ない。レイトがいればどんな敵も粉砕《ふんさい》してくれる」

「頼りにしてくれるのは嬉しいけど、油断はしないでね……お、やっと第一村人を発見」

「ウォンッ!!」

レイト達の前方、遥《はる》か遠くに何者かの影を発見した。レイトは即座に「遠視」と「観察眼」のスキルを発動して正体を確認する。

彼が目撃したのは、頭に血を流した状態で街道を駆け抜けるゴブリンの姿だった。魔物がいないと思われたが、少数ながらも存在するらしい。

「ゴブリンだ。こっちに向かってるみたいだけど……何かに追われているな」

「なんだ、やっぱり魔物がいたんじゃない……なんだあれ？」

「……様子がおかしいな、俺達に気づいていないのか？」

ダインとゴンゾウが眉をひそめた。

彼らに向かって走ってくるゴブリンは非常に怯えた様子であり、後方ばかりを気にしている。そのため、前方にいるレイト達にはまったく気づいていない。

「あのゴブリン、どうしたんだ？」

「何かから逃げてるみたいだけど……あっ、転んだ」

ゴブリンが転倒し、それと同時にゴブリンの後方から新しい何者かの影が出現した。

レイトが再びスキルで確認すると、それは人間の形をした岩の塊だった。「ゴーレム」と呼ばれる魔物である。

だが、レイトの知る通常のゴーレムよりも小柄で、痩《や》せ細っている。普通のゴーレムは巨人族《ジャイアント》を想像させる巨体であるが、ゴブリンを追跡しているのは人間の成人男性程度の体格だった。

その他にも、細身のゴーレムには通常種には見られない特徴がいくつか存在している。

まず、全体の岩石の外殻《がいかく》には人間の筋肉のような皺《しわ》がついている。また、通常種が土色なのに対して細身のゴーレムは灰色だった。さらに、両手と両足の部分に魔石と思われる光り輝く赤い宝石が取り付けられていた。

『ゴロロッ……』

「ギ、ギィイッ……!?」

ゴーレムは倒れ伏したゴブリンに向けて右手を構える。直後、右手がボクシンググローブのような形状に変形した。

ゴーレムはゴブリンに勢い良く拳を振り下ろす。

『ゴロォッ!!』

「ギィアアッ!?」

ゴブリンは命乞いをするように両手を差し出したが、ゴーレムは容赦なく顔面を叩き潰した。その光景にレイトは目つきを鋭くする。

「容赦ないな……問題はこのあとだ。襲ってきたらどうするか……」

「え？　ちょ……何が起きたの？　ここからだとよく見えないんだけど……」

ゴンゾウはレイトと同様「遠視」のスキルを所持しているため一部始終を目撃したが、スキルを持たないダインは何が起きたのか把握できずにいる。しかし、レイト達の様子からただ事ではないと判断し、魔法の準備を始めた。

「あいつは……俺の知っているゴーレムとは随分と形が違う。それに……強い」

ゴンゾウが言った。ゴーレム種に詳しい彼でも、あの細身のゴーレムの正体は分からないようだ。

「そうみたいだね。いつかのときに俺が捕まえたガーゴイルよりも厄介そう」

そのとき、コトミンがレイトの服の袖を引っ張って言う。

「レイト、川の傍なら私も戦える」

「ああ、コトミンは人魚族だもんな……」

コトミンは近くに流れている川に向かった。

すると、ゴーレムがレイト達に気づいた。そして反対の拳も肥大化させ、威嚇するように地面に叩きつける。

『ゴロロロロッ!!』

「まずい、やる気だっ!!」

ゴーレムはレイト達のほうに駆けだし、タックルの体勢を取った。移動の最中、ゴーレムの突き出している肩が膨れ上がる。その光景を目にしたレイトは、ゴーレムが自在に自分の外殻を変形させられるのだと悟った。

ゴンゾウがみんなの前に出て迎え撃つ。

「力勝負か……来いっ!!」

『ゴロロロッ!!』

ゴーレムの突進を、ゴンゾウは正面から受け止めた。体格はゴンゾウのほうが勝《まさ》っているが、お互いが衝突した瞬間、ゴンゾウは三メートル以上も後退してしまう。

「ぬぐぐっ……!?」

『ゴロロロッ……!!』

「ご、ゴンゾウが押し負けたっ!?」

「頑張れゴンちゃんっ!!」

「ウォンッ!!」

「くっ……うおおおおおっ!!」

仲間の声援を受けたゴンゾウは根性を振り絞り、ゴーレムの身体を両腕で拘束した。

ゴンゾウの剛力でしめつけられたゴーレムは両手を頭上に構え、肥大化した拳をゴンゾウの両肩に叩きつけた。

『ゴロォッ!!』

「ぐおっ!?」

肩を強打されたゴンゾウはたまらずにゴーレムを放してしまう。

ゴーレムはその隙を逃さず地面に着地すると、今度は彼の腹部に拳を放つ。

『ゴロロッ!!』

「ぐふぅっ!?」

「ゴンゾウ!? くそ、『シャドウ・バインド』!!」

ダインが慌てて影魔法を発動するが、ゴーレムは足元に伸びてくる彼の影に気づいて後方に跳躍し、バク転を繰り返しながら距離を取る。ゴーレムとは思えない身軽な動作に全員が驚愕するが、即座にレイトが掌を突き出す。

「『氷刃弾《アイスエッジ》』‼」

『ゴロォッ……‼』

レイトは大きな氷の刃を空中に生成し、ゴーレムに放った。氷の刃には「超振動」を加えており、普通のゴーレムならば切断できるほどの破壊力を誇る。

しかし、相手は正面から迫る「氷刃弾《アイスエッジ》」を、空中に跳躍して華麗に回避した。

「こいつ……強い」

「本当にゴーレムなのかっ⁉　僕の知っている奴と形が違うし、すごく速いんだけど……」

「くっ……それに力もすごい」

「仕方ない……スラミン、ヒトミン」

『ぷるるっ‼』

コトミンが二匹のスライムを両手で抱え、ゴーレムに構えると、スライム達の口から大量の水が放出される。だが、ゴーレムは傍に存在する建物の中に逃げ込んで放水を回避した。知能も高いことがうかがえる動きである。

「建物に隠れたか……いや、また出てきたな」

「むうっ……水切れ」

『ぷるぷるっ……』

放水がやんだ瞬間にゴーレムは姿を現した。その一方で、体内の水分を放出したことでスラミンとヒトミンが萎《しぼ》んでしまう。

コトミンが二匹を自分の胸元に隠すと、ゴーレムは再び動きだす。

「こ、こっちに来るぞっ⁉」

「諦めるつもりはないみたいだな。しょうがない、ここは俺が……」

レイトはそう言って退魔刀を握りしめた。斬撃が効きにくそうな相手ではあるが、そんなことを言っていられる状況ではない。

両手を肥大化させた状態で突進を仕掛けるゴーレムに対し、レイトは瞳を赤く輝かせて退魔刀を振り抜く。

「はああっ‼」

『ゴロロッ⁉』

ゴーレムが両腕を交差して横薙ぎに振り払われた退魔刀を受けるが、予想外の剣圧に耐え切れずに吹き飛ばされた。左腕に亀裂《きれつ》が走り、まともに受けた右拳のほうは砕け散った。

その光景にダインが歓喜の声を上げる。

「やった‼　さすがはレイト‼」

「……さすレイト（ぼそっ）」

「略すなっ」

コトミンの呟きを聞き逃さず、レイトが突っ込んだ。

一方、ゴンゾウはまだ警戒の姿勢を解かない。

「だが……まだだろう」

ゴンゾウの言葉通り、右腕を負傷したゴーレムは即座に起き上がった。そして傍にあった大理石の柱に失った右腕を伸ばす。

すると、ゴーレムの腕と柱がくっ付いて一体化した。

「まさか、あの柱を使って再生する気かっ!?」

「いや……様子がおかしい。それだけじゃなさそうだ」

ゴーレムはさらに左手を刃状に変化させ、柱の根元と上側を斬って引き抜いた。

「嘘だろっ!?」

「……マジかっ」

「柱を武器にする気かっ!?」

「ウォンッ!?」

「おおうっ……」

ゴーレムはハンマーを振りかぶる要領で右手を掲《かか》げ、レイトに猛スピードで接近する。そして、勢い良く振り下ろしてきた。

「くそっ!!」

「下がれレイトっ!!　攻撃を受けるとまずいぞっ!!」

ゴンゾウはそう言ってレイトの正面に立った。柱の大きさは二メートルほど。レイトが大剣で受けたら、圧し潰されてしまう可能性がある。

ゴンゾウは棍棒を構え、防御用の戦技を発動した。

「『不動』!!」

『ゴロォッ!!』

柱と棍棒がぶつかり、激しい衝撃音が響き渡った。

ゴンゾウの全身に衝撃が走るが、なんとか耐えられた。だが、ゴーレムは刃に変形させた左腕をゴンゾウに突き刺そうとする。

『ゴロロロッ!!』

「させるかっ!!」

「『シャドウ・バインド』!!」

突き出された刃をレイトが退魔刀で弾《はじ》き返し、ダインは今度こそ拘束するために影魔法を発動する。彼の影がゴーレムの左足に絡みつき、そのまま蛇のように全身に巻きついていった。

『ゴロォッ!!』

「はあっ!?」

「嘘っ⁉」

だが、ゴーレムは左手の刃で自らの左足を切断して拘束を逃れた。さらに、残された片足を軸に回転しながら柱を横薙ぎに払う。

『ゴロロロッ‼』

「ぐあっ⁉」

「うわぁっ⁉」

「おっと」

「危なっ⁉」

レイト達は体勢を低くして回避したが、巨人族《ジャイアント》であるゴンゾウだけは避けられずに衝突した。彼は吹き飛ばされ、近くに流れていた川の中に落ちてしまう。

ゴーレムは再び回転してレイト達に攻撃しようとする。

『ゴロロロッ‼』

「舐めんなぁっ‼『回転撃』‼」

しかし、レイトも負けずに自分の身体を回転させながら退魔刀を横に振り、刃で柱を弾《はじ》き返す。単純な腕力はゴーレムが上回るが、剣鬼としての力を覚醒させつつあるレイトの一撃のほうが重く、柱が粉々に砕け散った。

『ゴロォッ⁉』

「もういっちょっ‼」

柱を破壊したレイトはさらに退魔刀を振り回し、勢いをつけて回転しながら二撃目を放つ。ゴーレムは両手を交差させて受け止めようとしたが、刃が衝突した瞬間に両腕が砕け散り、派手に吹き飛んだ。

『ゴロォオオオッ……⁉』

「よしっ‼」

レイトは後方を振り返り、川の中に落ちたゴンゾウの救出のために駆け出そうとした。

そのとき、川から派手な水柱が発生する。レイトとダインが驚愕していると、上空から大きな物体が二人の目の前に落下してきた。

「着地っ」

「ぐふぅっ‼」

「うわっ⁉　ご、ゴンゾウ⁉」

落ちてきたのはゴンゾウを抱えたコトミンだった。彼女が溺《おぼ》れていたゴンゾウを救出したのだ。

「コトミンが救ってくれたのか‼　ゴンちゃんを持ち上げるなんて、さすがは人魚族‼」

「ぶいっ」

ピースサインを見せる彼女の両肩には、水を吸って元気になったスライム達が乗っていた。

スライム達は飛び跳ねて、レイトとダインの頭の上に着地する。

『ぷるんっ』

「おっと」

『ぷるるんっ!!』

「あいてっ!? 重い、重いからっ!!」

ダインの頭に着地したスラミンは通常時の二倍近くの大きさにまで膨れ上がっており、その重さに耐え切れず彼は膝を崩してしまう。

コトミンはゴンゾウを地面に横たわらせ、彼の腹部に掌を押しつける。続いて、ゆっくりと喉元に両手を走らせる動作をした。

「ゴンゾウ、起きるっ」

「……ぶはぁっ!?」

すると、ゴンゾウの口から大量の水が噴き出た。

「おおっ……もしかしてゴンちゃんが飲んじゃった川の水を操ったのか？」

レイトは感心しながら言い、労《ねぎら》う意味でコトミンの頭を撫でた。

「よ〜しよしよしっ!! 偉いぞコトミン」

「ふにゃっ……えっへん」

「人魚の癖に猫みたいな声を出したな……ほら、スラミンも痩せろっ!!」

『ぷるるっ……』

ダインが巨大化したスラミンを持ち上げ、両手で押し込んだ。すると、スラミンの口からジョウロのようにちょろちょろと水が出て、元のサイズに戻った。

レイトがゴンゾウに「回復強化」を施して治療していると、彼らの後方から何かが倒壊した音が響いた。

『ゴロロロッ‼』

「くそ、あいつまだ動けるのかっ⁉」

「しつこい……」

「ウォンッ‼」

両腕と左足を失い、さらに全身に亀裂が走りながらも、ゴーレムは地面を這《は》って近づいてくる。

ダインが影魔法を発動させようとしたが、先にレイトが前に出て退魔刀を構える。

「俺がやるよ。いい加減にうざったいし……みんなは下がってて」

「わ、分かった」

「レイト、気をつける」

「任せろいっ」

レイトが退魔刀を構えて歩み寄ろうとしたとき、ゴーレムの身にハプニングが起こる。

先ほどコトミンがゴンゾウを救い出したとき、川から発生した水柱により周囲に無数の水溜まりが形成された。ゴーレムはその一つに触れてしまい、外殻が溶け始めたのである。

『ゴロォオッ……⁉』

「あ、ゴーレムの弱点は水だったな。こいつにも効くのか」

『ぷるるっ‼』

レイトの頭の上に乗っていたヒトミンが口を開き、ゴーレムにさらに水を放つ。

岩石のように硬い外殻は水を受けた瞬間に泥と化してしまい、大量の水を浴びたゴーレムは水溜まりに溶け込んでしまった。

それを見たレイトはヒトミンを撫でながら退魔刀を背中に戻し、仲間のもとに戻る。

「倒したよ……ヒトミンが」

『ぷるんっ♪』

「いや、見てたから分かるよっ‼　ていうか、こいつら水に弱いのか……しかもこんなにあっさり倒せるなんて……」

釈然としない様子でダインが言った。

続けてコトミンが言う。

「今度同じのが出たら、スラミンとヒトミンに任せればいい」

「クゥ〜ンッ」

「うおっ……よしよし」

今回の戦闘で役に立てなかったウルが、申し訳なさそうに上半身を起こしたゴンゾウの頬を舐めた。彼は笑みを浮かべながらウルの頭を撫でる。

今のゴーレムはミノタウロスよりも危険な相手だったが、弱点さえ分かれば次は苦戦することはない。

「それにしても変わったゴーレムだったな。あ、核を回収しないとまずいんじゃないのか!?」

ダインが慌てて言った。ゴーレムには核が存在し、砕かない限り再生してしまうのだ。

「あ、忘れてた。面倒だな……」

レイトがゴーレムの溶けた水溜まりに近づこうとしたとき、前方から近づいてくる人型の影を発見した。

『ゴロロロロッ……!!』

「うわっ!? もう再生した!?」

「いや……新手だっ!!」

前方から現れたのは、全身が赤色のゴーレムである。形状は、先ほど水溜まりに沈んだ個体と瓜《うり》二《ふた》つだ。ただし、こちらは両腕を槍のように変形させている。

「なんだあいつ……さっきのとは色が違うな」

「まさか……亜種かっ!?」

『ゴロロロロッ!!』

新たに現れたゴーレムに、レイト達は戸惑う暇もなく武器を構えて戦闘態勢に入る。

ゴーレムはまず、図体が大きく弱っているゴンゾウに狙いを定めて突進し、両腕を突き刺そうとする。

『ゴロォッ!!』

「舐めるなっ!!」

だが、ゴンゾウは槍の腕を左右の脇で挟んで捉《とら》えて踏ん張った。

その直後、彼の肉体に焼けるような痛みが襲いかかる。槍が高熱を発していたのだ。

『ゴロロッ!!』

「ぐあっ!?」

「ゴンゾウ!?」

「離れろっ!!」

レイトが咄嗟に槍の腕を目掛けて退魔刀を振り下ろすと、相手は先に反応して後方に回避した。

「『シャドウ・スリップ』!!」

『ゴロロッ!?』

ダインが即座に影魔法で追撃を加えると、ゴーレムは足元から近づいてくる影に気づいてさらに後方に引き下がった。先ほどの個体のようにアクロバティックな動作は行えないらしいが、代わりに馬力があるのか、ステップの距離は凄まじかった。

レイトとコトミンがゴンゾウのもとに駆け寄り、彼の傷の様子をうかがう。

「大丈夫かっ⁉」

「あ、ああっ……少し、火傷《やけど》を負っただけだ」

「見せて」

コトミンが彼の左右の脇腹を見ると、皮膚《ひふ》が焼けただれていた。

彼女は川から飛び出したときに濡れた両手を、右の脇腹に押し当てる。

「すぐに治療する。動かないで」

「ぐうっ……⁉」

「こっちは俺が治すよ。『回復強化』‼」

反対側の脇腹はレイトが「回復強化」の魔法を使用して治療した。

その間、ゴーレムは隙をうかがうように両手の槍を構えながら動かない。ダインの影魔法を警戒しているらしく、彼の魔法が届かない範囲で静かにレイト達を観察していた。

ゴンゾウが治療されていることは分かっている様子だが、迂闊に近づく真似はしない。明らかにレイト達を警戒しており、知能が高いことは間違いない。

「く、くそっ……あそこじゃ僕の影が届かない。それに、至近距離でも動きが速すぎて捉えられるかどうか……」

「それに、あの外殻に触れたら危険だよ。あいつの身体は常に高熱を発していると思う。外見が赤いのと関係あるのかな」

「それなら冷やせばいい」

『ぷるるんっ!!』

コトミンがスラミンとヒトミンを握りしめ、放水の準備を行った。相手が高熱を帯びていようとゴーレムならば水が弱点のはずであり、大量の水分を与えれば外殻が溶解する可能性はある。

一応の作戦は立てたが、赤色のゴーレムは一定の距離を保ったままその場を動こうとしない。

「あいつ、ずっと僕達を見ているだけになったな。諦めたわけじゃなさそうだけど……」

「向こうも無暗《むやみ》に近づけばまずいと気づいたのか？」

「どうかな……どちらにしろ、面倒な相手だな」

「ウォンッ!!」

そのとき、ウルがレイトに近寄り、自分を頼りにしろとばかりに鼻先を押しつける。

レイトはその行動を不思議に思って尋ねる。

「どうしたウル？　何か思いついたのか？」

「クゥ～ンッ」

「あ、そうか。自分なら追いつけると言いたいんだな？」

魔物の中でも速度に特化した「白狼種」であるウルならば、あの素早いゴーレムにも即座に接近できる。

レイト達とゴーレムの間にはいくつか障害物になりそうな建物があるが、ウルの脚力ならばどれも飛び越えられるだろう。

レイトはウルの背中に飛び乗った。

「よし、ここは久しぶりに二人で狩るか」

「ウォンッ!!」

「大丈夫か？」

応急処置を終えたゴンゾウが、心配そうに尋ねた。

レイトは「氷装剣《ひょうそうけん》」の戦技を発動し、両手に氷の長剣を生成する。

「平気だよ。この剣ならあいつにも通じる」

「氷の剣か……溶かされるなよ」

すると、コトミンがヒトミンをレイトに差し出して言う。

「レイト、忘れ物」

『ぷるるっ!!』

ヒトミンがレイトの肩に飛び乗り、振り落とされないように身体を変化させて彼の肩に固定した。

レイトは両手に握りしめた氷の刃を振動させ、ウルに指示を出す。

「行けっ!!」

「ガアアッ!!」

主人の命令を受けてウルはゴーレムのほうに一直線に駆けだした。

ゴーレムは両手を構え、あえて迎撃の体勢を取る。どうやら相手もレイト達の行動を読み取っていたらしい。

『ゴロロロッ!!』

「ガアアッ!!」

「行けっ!!」

ウルは空中で回転し、軌道を逸《そ》らして相手の攻撃を回避する。そして背中に乗っていたレイトは振り落とされないようにしっかりと両足でウルの胴体にしがみつき、両手の氷装剣をゴーレムに放つ。

「はあああっ!!」

『ゴロォッ……!?』

氷の刃が衝突した瞬間、ゴーレムの胴体が斬り裂かれた。

『ゴロロロォッ……!?』

だが、ゴーレムの頭部はまだうごめいてレイトに近づこうとしている。

「へえっ……大抵のゴーレムは胸に核があると聞いてたけど、お前は頭に核があるのか？　まだ動けるとはね……」

『ゴロロォッ……!!』

「おっと」

ゴーレムは頭部だけの状態に陥っても戦意を失っておらず、レイトに噛みつこうとした。だが、先に彼のほうが氷装剣を振り上げ、頭部に向けて突き刺す。

「これで終わりだっ‼」

『ゴァアッ……⁉』

刃が額に貫通した瞬間、ゴーレムの瞳から光が消えてなくなり、やがて電池が切れた人形のように動かなくなった。

ゴーレムの頭部が砕け散ると、氷装剣の刃に赤色に光り輝く水晶玉が突き刺さっていた。おそらく、これがゴーレムの力の源《みなもと》である核だろう。

「これが核か……あ、割れちゃった」

水晶玉は真っ二つに砕け、地面に落ちてしまう。

ゴーレムの砕けた核は良質な魔石として売却できる。レイトが拾い上げようとしたとき、アイリスの声が響いた。

『あ、レイトさん。その魔石を直してください。錬金術師の技術スキルの「修正」を使用すれば元に戻せますよね？』

「え、なんで？　せっかく倒したのに……」

レイトが他の仲間達に聞こえないよう注意しながら聞いた。

『それが今回の旅の目的の品だからです。そのゴーレムは、元々この街を守護するために作り出された人造兵器でして、そのゴーレムは特別な魔水晶を利用して作り出されました』

「こいつらが……兵器？」

アイリスの説明によると、このゴーレムは初代勇者が製作した発明品の一つらしい。作り出されたゴーレムは通常の種と違い、自由に身体を変形できる能力を持ち、攻撃にも防御にも優れている。正式名称は戦人形《バトルゴーレム》というそうだ。

戦人形《バトルゴーレム》はロック鉱石と呼ばれる非常に硬い素材で構成されている。その硬度は、伝説の金属であるオリハルコン製の武器でもなければ傷をつけられないという。

なお、ゴーレム特有の弱点である水は克服できておらず、いくら硬くても水を浴びれば簡単に溶けてしまう。だが、この弱点はあえて残された。なんらかの理由で戦人形《バトルゴーレム》が暴走した場合に備えて、初代勇者がそう設計したのである。

『その魔水晶は魔石としての効果が非常に高いんです。だから持っていれば何かに使えるかもしれません。この調子で回収していきましょう』

「そういうことは早く言えよ。なんで毎回、お前は大事な話をあとでするんだ？」

『すみません。でも、魂の波長が合い始めたとはいえ、基本的にはレイトさんの方から交信してくれないと上手く話せないんですよ』

「まったく……本当は俺が人造兵器とどう戦うのか気になって黙っていたんじゃないだろうな？」

『いや、さっきは色々と調べ物があったのでレイトさんの観測はしていませんでした。まあ、その辺はあとで説明しますね』

レイトはため息を吐きながら魔水晶を拾い上げる。そして半分に割れた魔水晶の欠片を重ね合わせ、「修正」の技術スキルを発動して元の形状に戻した。

収納魔法で異空間に収納すると、レイトのもとに他の仲間達が駆けつける。

「レイト!!　無事かっ!?」

「ゴーレムは倒したのか？」

「はっ……し、死んでいる」

「ゴーレムのほうがね」

コトミンの言葉に、レイトは冷静にツッコんだ。

「ウォンッ!!」

元気に吠えて擦り寄ってくるウルを撫でていたとき、レイトは最初に倒した戦人形《バトルゴーレム》から核を回収していなかったことを思い出す。

「さっきの奴の核も手に入れておかないと……ゴンちゃんはもう大丈夫？」

「ああ、レイトとコトミンのおかげでしっかりと回復した」

すると、ダインが不安そうに言う。

「あ、あのさレイト……ここまで来てなんだけど、そろそろ帰らないか？　正直、僕の影魔法はあと三回くらいしか使えないと思うし……」

「でもここまで来て何も持って帰らないのは嫌じゃない？　ダインはお金が必要なんでしょ？」

「うっ……そうだけどさ」

「見栄を張って貴重なローブを購入したせい」

コトミンがズバッと言った。

「う、うるさいなっ!!　その分、効果は高いんだよ!!」

ダインは腐敗竜との戦闘後、装備品を一新し、金貨十枚で「抗魔のローブ」と呼ばれる魔法耐性が優れたローブを購入した。ただし、購入の際に借金をしたため、現在の彼の所持金はゼロである。

そこで魔物の討伐依頼でお金を稼ぐつもりだったらしいが、腐敗竜の一件で冒険都市周辺の魔物の数が激減したことにより、討伐系の依頼がほとんど残っていなかった。そのため、貴重な素材が入手できそうな遺跡を知っているというレイトの話に飛びついたのである。

「最初に倒したゴーレムの核はどこだろう？」

「それならここにある。俺がさっき回収しておいた」

ゴンゾウはそう言ってレイトに戦人形《バトルゴーレム》の核を見せた。

「おお、さすがゴンちゃん!!　ゴーレムデストロイヤーの異名《いみょう》は伊達《だて》じゃないね!!」

「そんな異名を名乗った覚えはないが……倒したのはレイトだからな。受け取れ」

ゴンゾウがレイトに戦人形《バトルゴーレム》の核を手渡した。先ほどと違って、白く輝いている。

そのとき、アイリスの声がレイトの脳内に伝わった。

『それは聖属性の魔水晶のようですね。聖属性は戦闘に向かないので、あの戦人形《バトルゴーレム》は他の個体と比べたら弱かったです。まあ、それでも赤毛熊《ブラッドベア》程度の相手なら敵じゃないほどの戦闘力でしたが』

「一番弱い個体であの強さか……」

「え？　急にどうしたレイト」

「なんでもない」

レイトの呟きに、ダインが不思議そうに反応した。

レイトはしまったと思いつつ適当に誤魔化し、収納魔法で回収する。

「クゥ～ンッ……」

「ん？　どうしたウル？　トイレなら一人でできるだろ」

「ガブッ!!」

「あいてっ!!　痛い痛いっ!?」

レイトの腕をウルが軽く噛んだ。

コトミンはウルを見て言う。

「何か伝えたいみたい」

ウルはその言葉に頷き、レイト達を誘導するように歩きだした。

ここで立ち止まっていても仕方ないため、全員がウルのあとに続く。

『ぷるぷるっ』

「ん？　どうしたヒトミン？　トイレ……はしないのかお前」

『ぷるんっ』

「スラミンも何か感知したみたい」

「さ、さっきのゴーレムか!?」

ダインがあちこちを警戒し始めた。

「可能性はあるな……どうなの（小声）」

レイトがボソッと聞くと、アイリスの声が脳内に響く。

『大正解ですよ。しかも複数いるので、気をつけてくださいね』

その言葉を聞き、レイトはウルとスライム達が感じ取ったのは戦人形《バトルゴーレム》の気配だと判断した。

彼は背中の退魔刀に手をかけ、先ほどの戦闘では使用しなかった「チェーン」も念のために準備する。

そのとき、レイト達の足元が震えだした。

まず、ゴンゾウが気づいてみんなに言う。

「……ん？　なんか地面が揺れていないか？」

「本当だ。地震……じゃないよね」

「まさか……」

「ウォンッ!!」

そのとき、遠方から倒壊音が響き渡った。同時に、レイト達の正面にあった建物が派手な土煙を立てて破壊される。

全員が武器を構えて警戒していると、やがて土煙の中から複数の魔物が出現した。

『ゴロロロロッ!!』

「ギュロロロロッ!!」

「ゴーレムに……サイクロプス!?」

現れたのは三体の色違いの戦人形《バトルゴーレム》と、赤い鱗《うろこ》に覆《おお》われた一つ目の魔物、サイクロプスである。レイトはサイクロプスと一度遭遇したことがあるが、以前見た個体よりも頭一つ分も背が高い。

サイクロプスは興奮した状態で近くにいた黒い戦人形《バトルゴーレム》に掴みかかる。魔物同士で戦闘中のようだ。

「ギュロォッ!!」

『ゴロォッ……!?』

サイクロプスが、黒色——色合い的には闇属性の魔水晶を取り込んでいるのだろう——の戦人形《バトルゴーレム》を持ち上げ、傍にある建物の柱に叩きつけた。

すると、茶色と灰色の戦人形《バトルゴーレム》が両手を盾状に変化させて突っ込む。

『ゴロロロッ!!』

「ギュロロロロッ……!!」

サイクロプスは両腕を構えて二体の突進を受け止め、逆に押し返した。

『ギュルルルルッ……‼』

『ゴロォオオッ……⁉』

「す、すごい……あのサイクロプス、この調子ならゴーレムを倒せるんじゃないのかっ⁉」

ダインが興奮気味に言うが、レイトは冷静に観察する。

「いや……どうだろう」

一見、サイクロプスが有利に思えるが、二体の戦人形《バトルゴーレム》にはまだ余裕が見えた。

戦人形《バトルゴーレム》達は両足の裏に棘《とげ》を作り、地面に突き刺して足場を固定させる。さらに、土属性の魔水晶を核としていると思われる茶色の戦人形《バトルゴーレム》は右腕を振り上げ、レイトの扱う戦技「重力剣」のように、紅色《べにいろ》の魔力を帯びた拳を突き出した。

『ゴロォッ‼』

「ギュロォッ⁉」

サイクロプスの頑丈な鱗に戦人形《バトルゴーレム》の拳が突き刺さった。サイクロプスはたまらず後退してしまうが、その隙を逃さずにもう一体の戦人形《バトルゴーレム》が体当たりして押し倒す。

『ゴロロロロッ‼』

「なんだ⁉」

「……風？」

相手を押し倒した戦人形《バトルゴーレム》が右腕を掲げた瞬間、そこに竜巻が生じた。そして、拳をサイクロプスの最大の弱点である一つ目に向けて振り下ろす。

まるでドリルのように渦巻《うずま》く竜巻が眼球を抉《えぐ》り、周囲にサイクロプスの悲鳴が響き渡った。

『ゴロロロロッ!!』

「ギュロォオオオッ……!?」

眼球を潰されたサイクロプスは激しく痙攣《けいれん》し、やがて動かなくなる。その光景にレイトは眉をひそめ、他の仲間は息を呑《の》んだ。

その後、三体の戦人形《バトルゴーレム》がレイト達のほうを見た。

『ゴロロロロッ……!!』

「き、気づかれたっ!?」

「やっぱりこうなるのか……行け、コトミン!!」

「いえっさぁっ」

『ぷるるんっ!!』

レイトの言葉にコトミンがヒトミンとスラミンを捕まえ、戦人形《バトルゴーレム》に向けて大量の水を放出させた。

勢い良く放たれた大量の水が戦人形《バトルゴーレム》達に接近するが、茶色の個体が両手を地面に押し付けて大地を盛り上げ、土壁を作った。

『ゴロンッ!!』

「土の壁っ!?」

壁によって、水が阻まれてしまう。

「むうっ……防がれた」

「任せろっ‼」

スライム達が放水を中断した瞬間、ゴンゾウが棍棒を握りしめながら駆けだし、土壁に向けて振り下ろす。

「『金剛撃』‼」

『ゴロォッ……⁉』

ゴンゾウの一撃によって壁が破壊され、黒色と灰色の戦人形《バトルゴーレム》が姿を現した。だが、なぜか壁を形成した茶色の戦人形《バトルゴーレム》がいない。

そのとき、ゴンゾウの背後の地面が盛り上がり、戦人形《バトルゴーレム》の両腕が出てきて彼の足首を掴む。

「ぬおっ⁉」

『ゴロロッ‼』

「じ、地面から現れた⁉　潜《もぐ》っていたのか⁉」

「そんな馬鹿なっ……ゴンちゃん‼」

両足を拘束されたゴンゾウは必死に振り解こうとするが、なかなか逃げられない。

隙だらけの彼に、他の二体が襲いかかる。

『ゴロォオオオッ‼』

「ぐうっ!?」

「俺の親友から離れろっ!!『重力剣』っ!!」

「間に合えっ……『シャドウ・スリップ』!!」

レイトとダインが戦技と魔法を発動して援護した。

レイトの退魔刀が片方の戦人形《バトルゴーレム》の足を斬り、ダインの影がもう一方を転ばせた。

二体が地面に倒れ込み、レイトは追撃を茶色の戦人形《バトルゴーレム》に仕掛ける。

彼は退魔刀を、地面から出ていた戦人形《バトルゴーレム》の頭部に突き刺した。

「はああっ!!」

『ゴガァッ!?』

重力をまとわせた紅色の刃が、戦人形《バトルゴーレム》の額にめり込む。このまま貫こうとしたが、途中で戦人形《バトルゴーレム》がゴンゾウの両足を放し、両手で刃を掴んで食い止めた。敵の両腕も重力をまとって紅色に光っており、逆にレイトの剣を押し返す。

『ゴガァアアアアアッ!!』

「うわっ!?」

「レイト!?」

レイトが大剣ごと投げ飛ばされた。

慌てて体勢を整えるが、その間に戦人形《バトルゴーレム》は完全に地上へ出て、彼と対峙する。背後にゴンゾウがいるにもかかわらず、戦人形《バトルゴーレム》はレイトしか見ていない。

戦人形《バトルゴーレム》がレイトに両手を伸ばした。

「くそっ……『兜砕き』っ!!」

『ゴロォッ!!』

レイトは「剛剣」の複合戦技による強力な一撃を繰り出すが、戦人形《バトルゴーレム》は右手で難なく受け止めた。

衝撃で掌に亀裂が走るが、破壊にまでは至らない。

予想外の防御力に、レイトは動揺を隠せなかった。

「なんだこいつの硬さっ……それなら、これはどうだ!! 『氷装剣』!!」

レイトは戸惑いながらも左手に氷の長剣を生み出し、刃に「超振動」を加えながら剣を振りかざす。

単純な切断力ならば退魔刀を上回る氷装剣だが、戦人形《バトルゴーレム》の腹部に放たれた刃は衝突した瞬間に弾《はじ》き飛ばされる。

「うわっ!?」

「な、なんだ!? どうしたんだレイト!?」

「……弾《はじ》かれた? いや、重力で撥《は》ね返された!?」

『ゴロロロロッ……!!』

いつの間にか戦人形《バトルゴーレム》は、全身に紅色の魔力を帯びていた。魔法による重力の鎧《よろい》をまとっているのである。

「こいつ……!!」

『ゴロォッ!!』

戦人形《バトルゴーレム》がレイトにタックルを仕掛ける。下手に受ければ重力によって肉体が押し潰されてしまうだろう。

レイトは退魔刀を盾の代わりとして構えて、タックルを受け止めた。

「くっ!!」

『ゴロォッ!!』

戦人形《バトルゴーレム》が衝突した瞬間、レイトは「受身」と「頑丈」のスキルを発動してどうにか踏み止まった。

だが、衝突の際に生じた衝撃波により、お互いの身体が吹き飛ばされる。

「うわっ!?」

『ゴロロッ!!』

「レイト……ぬおっ!?」

『ゴロンッ!!』

レイトの助太刀《すけだち》に向かおうとしたゴンゾウの背後から、黒色の戦人形《バトルゴーレム》が殴りかかってくる。

彼は咄嗟に左腕でガードしたが、岩石の拳を受けた瞬間に体力を吸われる感覚に襲われた。

戦人形《バトルゴーレム》は続けざまに殴りつけてくる。

ゴンゾウは「不動」と「硬化」のスキルを発動して防御態勢に入るが、なぜか攻撃を受ける度に疲労していった。

「な、なんだこいつは……!?」

戸惑うゴンゾウに、ダインが呼びかける。

「ゴンゾウ!!　多分、そいつは闇属性の力を使ってるんだ!!　だから攻撃を受けたらまずいぞっ!!」

「そういうことか……ぐうっ!!」

『ゴロロロッ……!!』

闇属性、と聞いてゴンゾウは疲労の原因を理解した。

闇属性の魔法は主に闇魔導士や死霊使い《ネクロマンサー》が操るもので、生物の感覚を狂わせるという特徴を持つ。

また、相手の魔力を奪い取ることも可能であり、疲労感の正体は彼の魔力が戦人形《バトルゴーレム》の攻撃によって乱されてしまったからだ。

『ゴロロロロッ!!』

「うわあああっ!!　こっちにも来たっ!?」

ダインとコトミンのもとに灰色の戦人形《バトルゴーレム》が接近した。両腕には、サイクロプスを仕留めたときと同じ竜巻をまとっている。

コトミンがダインに言う。

「ダイン、早く影魔法を使う」

「そ、そうだった!!　喰らえっ!!　シャドウ・バインド!!」

ダインは杖を地面に突き刺し、自分の影を操作して戦人形《バトルゴーレム》の足元に向かわせた。

影は戦人形《バトルゴーレム》に絡みつき、肉体を完全に拘束する。突然のことに戦人形《バトルゴーレム》は狼狽《ろうばい》した様子を見せた。

その隙にコトミンがスラミンとヒトミンを構えて「水鉄砲」を放つ。

「てりゃっ」

『ぷるるっ!!』

『ゴロォオオオッ……!?』

「やった!!」

大量の水が、影で拘束されている戦人形《バトルゴーレム》に襲いかかった。派手な水飛沫が舞い上がったのを見てダインは歓喜の声を上げるが、すぐに異変に気づく。

「な、なんだ!?」

「……これは予想外」

『ゴロロロロッ!!』

驚くべきことに、戦人形《バトルゴーレム》は竜巻を利用して正面から放たれる大量の水を吹き飛ばしていたのだ。

完全に防げたわけではないが、大部分の水を周囲に拡散させており、致命傷には至らない。

やがてスラミンとヒトミンが体内に蓄積させていた水を出し切ったのか、放水がやんでしまった。

『ぷるぷるっ……』

「……水切れした。ちょっと川に戻って補給してくる」

「嘘だろおいっ⁉ そんな時間あるわけないよねっ⁉」

『ゴロロロロッ‼』

ダインの影魔法による拘束は、そう長くは保たない。もし戦人形《バトルゴーレム》が彼の拘束を逃れたら、真っ先に二人は襲われてしまう。

レイトかゴンゾウが助けに入らなければ危険な状態だが、両者はともに厄介な相手と戦闘中である。

「くそっ……『魔力強化』‼」

『ゴロロッ‼』

レイトは「重力剣」を発動させた状態でさらに支援魔法を重ねがけし、大剣の刃を覆《おお》う紅色の魔力を増幅させる。

その一方で土属性の戦人形《バトルゴーレム》は両腕の形状を、刃物のように研ぎ澄まされた盾に変化させて対抗しようとしていた。

最初に動きだしたのはレイトだった。

「『身体強化』‼ からの……『回転撃』‼」

『ゴロロッ⁉』

身体能力を最大限まで強化させ、横薙ぎに退魔刀を振り払って戦人形《バトルゴーレム》の脇腹に叩きつける。

事前に魔力を増加させていたおかげで、今度は戦人形《バトルゴーレム》の巨体を吹き飛ばすことに成功した。

戦人形《バトルゴーレム》の巨体が地面に倒れ込むが、すぐに起き上がる。

『ゴロロロッ‼』

「やっぱり、お前に再生能力はないみたいだな……」

立ち上がった戦人形《バトルゴーレム》の肉体には、レイトが与えた損傷が残っていた。外殻を自由に変形できるにもかかわらず、負傷した箇所を直す様子はない。また、徐々にではあるが肉体に亀裂が生じ始めている。

未だに重力の魔力で全身を包んでいるが、レイトも退魔刀に重力の魔力をまとわせれば貫通することができる。

『ゴロロロロッ‼』

「おっと……動作が単調になってきたぞっ‼」

無我夢中で拳を振り抜く戦人形《バトルゴーレム》の攻撃を、レイトは冷静に避けていく。

そして反撃のために退魔刀を握りしめた瞬間、彼の瞳が赤く変色した。

レイトは必殺の一撃を繰り出すために退魔刀を振り下ろす。

「――『兜砕き』」

『ゴロロォッ……⁉』

残像を生み出すほどの速度で放たれた退魔刀の刃が、戦人形《バトルゴーレム》の頭部に命中した。刃の勢いは止まらず、頑丈な戦人形《バトルゴーレム》を一刀両断する。

一方、ゴンゾウもまた熾烈《しれつ》な戦闘を繰り広げていた。

「くそっ……負けんっ‼」

『ゴロロッ‼』

彼は棍棒を捨てて、拳を構える。そして相手に反撃の隙を与えないよう気を配りつつ、パンチの連打をお見舞いした。

「ぬおおっ‼」

ゴンゾウの連撃を受け、戦人形《バトルゴーレム》は後方に押し飛ばされていく。

「ぬんっ‼」

『ゴロォッ⁉』

さらにゴンゾウは隙を突いて戦人形《バトルゴーレム》の下半身に抱き着き、怪力を生かして地面に押し倒した。そのまま相手の両足を掴み、勢い良く持ち上げてジャイアントスイングする。

回転するごとに、ゴンゾウは速度を上昇させていった。

「うおおおおおっ‼」

『ゴロォオオオオッ……⁉』

「砕けろぉおおおおっ‼」

ゴンゾウが戦人形《バトルゴーレム》を倒壊した建物に叩きつけた。

『ゴロロロロロッ……!?』

戦人形《バトルゴーレム》の頭部の外殻が剥がれていき、やがて内部から黒色の核が露《あら》わになる。それを見たゴンゾウは戦人形《バトルゴーレム》を上空に投げ飛ばし、頭から地面に堕とした。

「『兜落とし』!!」

『ゴガァアアアッ!?』

戦人形《バトルゴーレム》の頭部から魔水晶が飛び出し、身体は粉々に砕け散った。

「はあっ……はあっ……勝った、のか。こんな化け物を相手に俺は……」

「お疲れさん」

呆然とした表情を浮かべるゴンゾウに対し、レイトは地面に落ちた核——闇属性の魔水晶を拾い上げながら労いの言葉をかける。

「レイト？　そっちも終わったのか……ダイン達は!?」

「大丈夫、あれを見なよ」

レイトが指さすと、そこには再び灰色の戦人形《バトルゴーレム》を影魔法で拘束するダインの姿があり、彼の背中を支えるようにコトミンが後方から掌を押しつけていた。

「あと少し……頑張って」

「くぅううっ……じ、自分の腕で顔を砕けぇっ!!」

『ゴロォオオオッ……!?』

両腕に絡みついたダインの影に操られ、戦人形《バトルゴーレム》は竜巻をまとった両腕を自分の顔面に近づける。

そして竜巻によって、戦人形《バトルゴーレム》の頭部が破壊されていった。

『ゴガァアアアッ……!?』

核が砕け散り、戦人形《バトルゴーレム》が地面に倒れる。

ダインはやり遂げた表情を浮かべながら前方に倒れ込んだ。顔が地面にぶつかる寸前で、スラミンがクッション替わりに彼の顔を受け止める。

「や、やった……僕は勝ったんだ……」

「私も疲れた……水分を補給しないといけない」

「お疲れ様」

「すごかったな」

レイトとゴンゾウが二人に合流して労った。

どうにか三体の戦人形《バトルゴーレム》の討伐を終えたレイト達は、さすがに疲労が激しいので休憩を挟むことにする。幸いこの場所にはもう魔物や戦人形《バトルゴーレム》の姿が見えないため、安全に休むことができたのだった――

2

――レイト達が順調に深淵の森に存在する遺跡の調査をしている頃、冒険都市にあるギルド「氷雨」には珍しい客人が訪れていた。

ギルドマスターであるマリアは客人をギルド長室に入れ、紅茶を振る舞いながら会談する。

「まさか、こうしてあなたと二人で一緒に紅茶を味わう日がまた来るとは思わなかったわ」

「それはこっちの台詞《せりふ》だよ。よくもまあ、こんなよく分からない味の飲み物を飲めるね」

机を挟んでマリアの向かい側の椅子に座る女性――「黒虎《くろとら》」のギルドマスターであるバルが顔をしかめながら言った。

彼女達はしばらく無言で茶菓子を食べつつ、お互いを観察するような視線で見つめ合う。

先に沈黙を破ったのはバルのほうだった。

「はあ……腹の探り合いというのは苦手なんでね。率直に本題に入らせてもらうよ」

「何かしら？　やっと私のギルドの傘下《さんか》に入ることを……」

「そう、それだよ。それが問題なんだ」

マリアの言葉を途中で遮《さえぎ》り、バルが彼女を指さしながら言った。

マリアは不思議そうな表情を浮かべ、バルの言葉の続きを待つ。

バルはしばらく黙り込んでいたが、意を決したように口を開いた。

「あたしが勝手にこのギルドを抜け出したこと……怒ってんだろ」

「……そうね」

マリアの表情が寂しそうなものに変わった。

バルは頭を掻きながら語りかける。

「……正直、何も言わずに出ていったのは悪かったと思ってるよ」

「本当かしら？　それなら……」

「いいから聞いておくれよ……こっちも真面目に話してるんだからさ」

「……そう」

マリアは黙ってバルの話を聞くことにした。

「……昔のあたしはガキだった。まあ、あんたから見れば今でもガキにしか見えないかもしれないけどさ、それでもガキなりに色々と悩みがあったんだよ」

「悩み？」

「あたしがあんたのギルドに入ったばかりの頃は、アイラさんやあんたにたくさん迷惑をかけたね。それでもここで過ごすうちにあたしも一人だけで働くことが多くなって……いつの間にか一人前になっていたつもりだった」

「…………」

「だけど、気づいちまったんだよ。あたしの仕事は、毎回あんたが選んでいたということにね……最初は何も疑わずに実行していたけど、あるとき自分が本当に一人前の冒険者になったのか不安になったんだ」

バルが打ち明けた悩みを聞き、マリアは少なからず驚いた。当時の彼女がそんな風に思っていたとはまったく気づいていなかったのである。

バルはさらに話を続ける。

「それにあたしがあんたのギルドに入った目的は、両親を殺したゲインに復讐すること……だけど、それをあんたが秘密裏に邪魔をしていたと知った」

「それは……」

マリアはバルが復讐に取りつかれることを危惧《きぐ》して、ゲインという男についての情報を統制して彼女の耳に入らないようにしていた。だが、バルはとある情報屋からこのことを聞き、「氷雨」を抜ける決意を固めたのである。

「それを聞いたあたしは我慢できなかった。親のように慕《した》っていた人間に裏切られたと感じたからね。でも、すぐに分かったよ。あんたは私に、復讐の道を進んでほしくなかったんだって」

「……ええ、そうよ。復讐は何も生み出さない……だからあなたには何も知らせないでいた」

マリアは紅茶を机に置いて、真剣な表情でバルを見つめる。それはバルが氷雨を抜ける際に見た最後の表情と同じであり、大切な子供を手放したくはないという親の顔だった。

「別にあなたに人殺しをさせたくなかったわけじゃないわ。冒険者という職業柄、賊《ぞく》を相手にして命を奪う機会だってある。それでも、復讐のためだけに生きているあなたを見るのは辛かった……もし目的を成し遂げたとき、あなたの生き甲斐が失われるんじゃないかと心配したの」

「だろうね……だけど、それが嫌だったんだよ。あんたのそういうところがどうしても気に入らなかった」

「どういう意味……かしら？」

マリアは、バルが冒険者ギルドを抜け出した理由は復讐を邪魔した自分を許せなかったからだと思い込んでいた。

だが、実際の理由は少々異なる。

「あたしは……ただ、認められたかっただけなんだ。もう何もできない子供じゃない、あんたの力を借りずとも生きていけるってさ」

「私は……あなたに対して過保護でいすぎたのかしら」

「ああ。いつもいつも、あたしの行動の先にはあんたがいる……それが我慢できなくて、あたしはギルドを抜け出したのさ」

「ごめんなさい」

「……ふぇっ？」

マリアの謝罪の言葉に、バルは素《す》っ頓狂《とんきょう》な声を上げてしまった。彼女は呆れられることがあっても、まさか謝られるとは思っていなかったのだ。

驚愕の表情を浮かべたまま固まるバルに対し、マリアは苦笑いを浮かべながら言う。

「間違っていたのは私のほうね……あなたがこのギルドを訪れたときから、私はあなたを自分の子供のように考えていたわ。だから余計な世話までしていたのね」

「な、なんだい急に……素直すぎて気持ち悪いね」

「茶化さないで。私も反省することはあるのよ。あなたがギルドを抜け出した理由を勝手に勘違いして、地味な嫌がらせを繰り返していた自分が恥ずかしいわ」

「そうだよ!! そこは本当に反省してくれよっ!! あんたのせいでうちのギルドの人間が何人引き抜かれたと思ってるんだいっ!?」

「でも代わりに仕事を斡旋《あっせん》してあげたわ。正直に言って、最初の頃はまともに交渉や取引もできなかったあなたが、冒険者ギルドのギルドマスターを務められていたことは奇跡よ」

「なっ……!?」

ギルドマスターに就任した頃のバルは、仕事が何も分からずに困り果てていた。元々は腕利きの冒険者と言っても他の人材に仕事を任せる立場など初めてであり、見兼ねたマリアが秘密裏に力添えをしていた。

氷雨が請《う》け負う仕事の八割以上は貴族や商人からの依頼だ。彼らの仕事を引き受ける理由は報酬が高額であり、さらにマリアの人脈を伸ばすためである。だが、一般人が依頼する仕事は積極的に黒虎や、もう一つの冒険者ギルド「牙竜《がりゅう》」に回していた。もしも氷雨が一般の依頼も引き受けるようになったら、牙竜はともかく黒虎の経営は間違いなく破綻《はたん》してしまう。

「くそ、結局あたしは何から何まであんたがいないと駄目だったのかい!!」

「そんなことはないわよ。最初の頃はともかく、今では立派に仕事を務めているじゃない。少ない人材でよく頑張ってるわね」

「だからうちが人材難なのは、あんたがうちのギルドから引き抜くせいだろうがっ!!」

「そうだったかしら?」

怒るのに疲れたバルは深々と椅子に背中を預けた。

そんな彼女を見たマリアは、自分とアイラのあとを付いて回っていた幼い頃の彼女の姿を思い出し、自然と笑みを浮かべる。

「それで……今日は仲直りをしに来たのかしら?」

「たくっ……あんたには敵《かな》わないね」

マリアが握手しようと掌を差し出したが、バルは気恥ずかしかったため応じず、適当に誤魔化した。

バルは咳払《せきばら》いして、ここに来た本題を切り出す。

「まあ、それはともかく、こうして仲直りしたあんたに頼みたいことがあるんだよ。仲直りをしたあんたにね」

「随分と仲直りを強調するわね……何かしら？」

「断ったらどうなるか分かってんだろうね……いや、別に喧嘩腰で話す必要はないか。あたしのほうが大人げない気がしてきたよ……ええっと、なんの話をしてたっけ？」

「それを私に聞かれても……あなたが話しだしたのよ？」

「あ、そうだった。あいつだよ、あいつ。あんたの可愛い甥《おい》の話だよ」

「聞かせてもらうわっ」

甥――レイトの話と聞いて、マリアが前のめりになった。

「うおっ⁉　食い気味に詰め寄るんじゃないよ⁉　たくっ……甥の話になると冷静さを失うね」

バルは「叔母馬鹿め」と考えながら、彼女に自分が得た情報を伝える。

「最近、この都市に多くの人間が訪れていることは知ってるだろ？　他の街の冒険者や傭兵《ようへい》、中には今まで表に出なかった武芸者の奴らまで来てやがる」

「それは報告にもあったわね。腐敗竜を倒した冒険者の噂を聞きつけて訪れたと聞いているわ」

現在の冒険都市には「狩猟祭《しゅりょうさい》」が中止されたにもかかわらず、数多くの観光客が来訪している。多くの者は、伝説の腐敗竜を討伐した冒険者の顔を拝《おが》みたいからだという。別にそれだけならば問題ないのだが、腐敗竜の討伐で最も功績を上げた人間が問題だった。

「表向きは、腐敗竜を討伐したのはナオ姫様だ。実際、あの化け物を倒せたのは姫様の力添えもあったからね」

「そうね。どうして聖剣を扱えたのかは気にはなるけど……」

「だけど、あの場にいたあんたはもちろん知ってるだろう？　本当に腐敗竜にとどめを刺したのは……」

「レイト……ね」

マリアは自分の愛する甥が腐敗竜を打ち倒した場面を間近で目撃している。そのときの彼の勇姿は本当ならば街中の人間に伝えたいところだが、彼女は腐敗竜との戦闘が終わり次第、冒険者達に口止めをした。腐敗竜を討伐をしたのは元S級冒険者の自分と聖剣を手にしたナオであり、レイトが関わっていたことは決して伝えてはならないと厳命したのである。

その理由は、彼の出自が関係している。レイトはバルトロス王国の王子であり、公式には四年前に行方不明ということになっている。それは彼が暗殺の手から逃れるために姿をくらませたからだった。

腐敗竜討伐の功労者としてレイトの存在が知られると、王国は確実に彼の素性調査を行う。そこで彼の正体が判明したら、非常にまずい事態に陥るだろう。

バルは真剣な表情でマリアに言う。

「レイトの存在が知られるのはまずい。あんただって、大切な甥を王国に取られたら嫌だろ？」

「そうね。その場合は全てのギルドの人員を率いてクーデターでも起こそうかしら」

「いや、冗談だって!!　どんだけあいつは愛されているんだいっ!!」

「大切な姉さんの愛息子《まなむすこ》よ。私にとっても我が子同然だわ」

「愛娘はともかく、愛息子と言う単語は初めて聞いたね……」

レイトのことになると冷静さを欠くマリアにバルはため息を吐きながらも、子供の頃は自分もマリアに可愛がられていたことを思い出す。もしかしたら意外と子供好きな性格なのかと考えながら、バルは話を戻す。

「さて、ここからが本題だ。最近、街中である噂が広がっているんだよ。実は腐敗竜を倒したのにはあんたやナオ姫様だけでなく、凄腕の剣士が関わっていたという噂がね」

「どうしてそんな噂が……情報漏洩《ろうえい》には気をつけていたのに」

「噂の出所はどうやら兵士らしいね。南側の防壁に存在した兵士が、腐敗竜が剣士に倒される光景を目撃してるんだよ。さすがに遠目だったから詳しい容姿までは分からなかったようだけどね」

「……盲点だったわ」

バルの言葉を聞いたマリアは頭を押さえながら言った。

レイト達と腐敗竜は防壁からかなり離れた場所で戦闘していた。だが、一部の「遠視」や「観察眼」のスキルを持っていた兵士が戦いを見ていたのだという。ただし、幸いレイトの詳しい容姿までは見えず、誰かが大剣を使用して腐敗竜にとどめを刺していたとしか分からなかったとのこと。

「街ではこの噂で持ち切りだよ。腐敗竜を倒した三人目の英雄がいるんじゃないかとね。そして目撃者の情報から、腐敗竜に戦闘を挑んでいたのは大剣を扱う剣士だと判明している……正直、これだけの情報でもかなりまずい」

「別に大剣使いの剣士なんて珍しくないでしょう？　あなたや巨人族《ジャイアント》はよく愛用する武器じゃない」

「その言い方だとあたしも巨人族《ジャイアント》みたいに聞こえるんだけど……まぁいい。確かに大剣を扱う奴なんてそれほど珍しくはない。だけど、この都市の冒険者に限定されるとしたら、数はかなり限られるだろう？」

噂が王国にまで届き、冒険都市で暮らす大剣使いの素性を調べ始めたら、レイトの素性がばれてしまうのは時間の問題である。

「面倒ね。バル、あなたが腐敗竜を倒したことにしなさい。それなら問題解決よ」

すると、バルが眉間に皺を寄せた。

「冗談じゃないよ!!　なんで自分のギルドの人間の手柄を奪うような真似を、あたしがしなくちゃいけないんだいっ!!　だいたい、あたしはあのとき城壁にいたのを目撃されているんだよ。そんな言い訳が通用するはずないだろ？」

彼女の正論に、少し苛立った様子でマリアは足を組んだ。

珍しく不機嫌さを隠さないマリアに戸惑いつつ、バルは話を続ける。

「ただの噂で終わらせることもできないだろう。話を聞きつけて、大勢の人間が腐敗竜の討伐に貢献した剣士を探していやがるからね。うちのギルドにも大剣使いの剣士がいないのかって尋ねてくる人間が、今朝だけでも三十人は来たよ」

「それはまずいわね……今さら口止めはできないし、放置すればいずれレイトの存在が知られてしまう。仮にそのときは王国が調査に乗り出さないとしても、伝説の竜種を倒した剣士がいると知られれば、間違いなくうちの剣聖が動くわね。そこまでの騒ぎになったら、今度こそ王国はレイトのことを調べ上げるでしょう」

「剣聖だけじゃない、名声を高めるために挑みたいって腕自慢の馬鹿どもも集まってるよ。すでに情報屋の連中もこの件の真実を確かめるために動きだしている……だからあんたに相談するために来たんだよ」

「参ったわね。そういえば当の本人はどうしてるの？」

「今は都市の外に出ているよ。ダイン達を連れてキャンプしてくるとか言ってたけど、呑気《のんき》な奴だね」

「そう、この街にはいないのね？　偶然とはいえ、それなら少し安心したわ」

――正確にはレイトが街の外に抜け出したのは偶然ではなく、アイリスの指示である。

彼はアイリスから今回の噂を聞きつけて他の人間が動きだしていると知らされており、都市からしばらく離れることを決断した。しかし、そんな彼の思惑を二人は知る由《よし》もない。

二人はレイトが戻ったあとに彼を他の人間から隠す方法を真面目に話し合い、結局は良案が見つ

からずに今日は解散する。それでも二つのギルドの代表者同士が和解したことは非常に喜ばしく、レイトをきっかけに二人の関係が修正されたのは間違いない――

◆　◆　◆

――五体の戦人形《バトルゴーレム》を打ち倒したレイト達は休憩のために倒壊していない建物の中に入り、食事の準備をしていた。周囲に危険がないかどうかは事前にアイリスに確認しているので問題ない。

昨日のうちに狩っていた魔物の食材と収納魔法に保管していた飲料水を利用して鍋を作り、全員で食べる。十分に休息を終えてから調査を再開する予定だった。

鍋を食べたダイン、ゴンゾウ、コトミンが感想を言う。

「ふうっ……ご馳走様」
「美味かったぞ」
「魚もあれば完璧だった」
「悪かったよ……今度からは釣り道具でも用意してくる」
「クゥ～ンッ……」
『ぷるぷるっ』

レイトは食べ終えた食器を片付けながら外の様子をうかがう。

今のところは別の戦人形《バトルゴーレム》が近くにいる様子はない。

アイリスの情報によれば、街を守護する「戦人形《バトルゴーレム》」は合計で七体存在するという。

『戦人形《バトルゴーレム》は七つの属性の魔水晶から作り出されています。残っているのは水と雷の特性を持つ戦人形《バトルゴーレム》ですね』

『そいつらの居場所は？』

『今はレイトさん達が隠れている場所とは離れたところを巡回しています。戦人形《バトルゴーレム》は巡回する場所が決まっていますから、不用意に近づかない限り気づかれる恐れはありません。ですが、街の中に入り込んだ魔物を追跡して大きく移動する場合もありますから気をつけてください』

最初にレイトが遭遇した聖属性の特徴を持つ戦人形《バトルゴーレム》に発見されたのは、ゴブリンが偶然にもレイト達がいる方向に逃走したせいである。レイト達が戦人形《バトルゴーレム》と戦ったのは事故のようなものだったのだ。しかも戦人形《バトルゴーレム》同士はある程度の距離ならばお互いの位置を把握できるらしく、他の個体が戦闘状態に入れば付近の戦人形《バトルゴーレム》が集まる仕掛けになっているらしい。二体目の戦人形《バトルゴーレム》は、最初の個体に引き寄せられる形で出現したという。

ちなみにサイクロプスは、森の主であるミノタウロスが原因で棲み処を追われ、偶然遺跡に迷い込んだ個体であるそうだ。

レイトはアイリスに尋ねる。

『残りの二体の魔水晶も回収しないといけないの？』

『できれば回収したほうがのちのち役立つでしょうね。聖剣の材料にもできるような貴重な素材ですし、使い方によっては聖剣以上の力を引き出せる兵器だって作り出せるかもしれません』

『そんな破壊兵器を作る予定はないんですけど』

『持っておくに越したことはないですよ。あ、それとこの街にはまだ残されている素材がありますから、ちゃんと手に入れておいてくださいね』

『ダインがお金に困ってるそうだから、分けていい？』

『どうぞどうぞ』

『ありがとうアイリス……あ、しまった。今日は名前ネタを考えてなかったから普通に呼んじゃった……畜生《ちくしょ》ぉおおおおっ!!』

『いや、そんなに悔しがることですか』

アイリスとの交信を終えると、レイトは休憩の間に左腕に巻きつけたチェーンを見る。結局は先ほどの戦人形《バトルゴーレム》との戦闘では使用しなかったが、普段から鎖を使って戦闘したことがないので仕方が無いのかもしれない。

『ぷるぷるっ』

「レイト、スラミンが暇だからトランプをしようと言ってる」

コトミンがスラミンの言葉を翻訳してレイトに伝えた。

「え～やだよ。スラミン滅茶苦茶強いじゃん。いつも俺が有り金全部取られて脱がされる展開になるんだから……いやんっ」

「お前、スラミンにそんなことされてたのっ⁉　というか、スライムなのにトランプなんかやるの⁉」

ダインが驚愕の表情を浮かべる。

「その気になればチェスや将棋もできるよ」

過去に地球から召喚された勇者が現実世界の遊戯を持ち込んだ影響で、こちらの世界ではトランプやボードゲームが浸透している。他にも花札や麻雀《マージャン》もポピュラーな遊戯として親しまれていた。

スラミンとヒトミンは知能が高いのでこれらの遊戯を完全に理解しており、さらにとてつもなく強い。

『ぷるぷるっ』

「トランプじゃなかったら将棋でもいいらしい。ハンデをあげるからかかってこいやぁっ……と言っている気がする」

「この野郎……最近、生意気になったな。でも将棋ならウルも強いよ」

「ウォンッ‼」

「ウルも将棋できるの⁉　どんだけうちの魔物は頭がいいんだよっ‼」

「ルールは半分くらいしか理解してないけど、直感で打ってるらしい」

「ほう、直感か……」

ゴンゾウが感心したように言った。

レイトが収納魔法を発動して将棋盤を取り出すと、ウルとスラミンは盤を挟んで火花を散らしながら睨み合う。

そんなペット達に癒されながらもレイトは戦人形《バトルゴーレム》達との戦闘を思い返し、新しい必殺技を思いついた。

「ちょっと外に出てくる。道に迷わないようにヒトミンも連れていこうかな」

『ぷるんっ？』

「行くって……どこに？」

「少し見回りをしてくるだけだよ」

レイトはヒトミンを抱えて建物の外に移動し、周囲の状況を確かめる。今のところは他の戦人形《バトルゴーレム》や魔物の姿は見当たらず、レイトはしばらく必殺技の修業をした。

一息ついて、レイトはみんなのもとに戻る。

「ただいま～」

「お帰り……すごい音がしたけど大丈夫だった？」

「ちょっとはっちゃけすぎただけだよ」

「ごがぁああっ……!!」

「……うるさくて眠れない」

「クゥ～ンッ……」

レイトが戻ると、ゴンゾウが居眠りしていた。そんな彼から離れた場所では、コトミンがスラミンを枕にして、毛布代わりにウルに抱き着いている。だが、なぜかダインの姿が見えない。荷物は置いてあったので遠くに離れたとは考えにくく、トイレでも探しているのかと判断してレイトは座り込む。

「ふうっ……ちょっと疲れたな、ヒトミン、肩を揉んで」

『ぷるぷるっ』

「あいてっ……」

無茶を言うなとばかりにヒトミンがレイトの頬をぺちぺちと叩き、コトミンのもとに移動した。スラミンとヒトミンの世話は基本的にコトミンがやっているが、彼女がいないときはレイトが面倒を見ることもある。餌は水だけなので特に手間はかからず、夜は枕の代わりになってくれる。何かと便利な存在なので、レイトもコトミンも二匹を大切に育てている。

レイトはコトミンに尋ねる。

「ダインはどこに行ったの？　トイレ？」

「違う、この建物を少し見てくると言ってた。杖を持っていったから平気だと思う」

「影魔法をあんなに使って、もう魔力がないとか言ってたのに一人で行動するなんて……命知らずだな」

「……ダインもレイトにだけは言われたくはないと思う」

「そりゃそうだ」

自分が頻繁《ひんぱん》に無茶な行動をすることはレイトも自覚している。安全で平和な生活を手に入れるために行動しているはずなのだが、いつの間にか伝説の竜と戦ったり、仲間とともにこのような危険な場所に入り込んだりしている自分が、他人の無茶な行動を非難する資格はないだろう。

それでもダインが一人だけで行動しているのは心配になり、レイトは彼を探すことにした。

ダインの居場所を聞くために、レイトはアイリスと交信する。

『アイリス』

『ちょ、待ってください!!　今着替え中ですからっ!!』

『あ、ごめん……いや、そもそもお前は着替えとかする存在なの？』

『ちっ、嘘がバレましたか……何か用ですか？』

『ダインの居場所を教えてくれ』

『はいはい……えっと、建物内ではありますがレイトさんのいるところからかなり離れた場所に移動してますね』

詳細な場所を聞き出し、レイトは急いであとを追いかける。

一応ここは安全なはずだが、何かの事故が起こる可能性も否定できない。

アイリスから聞いた場所に着くと、情報通りダインがいた。

「あ、いたいた……何してるんだろう」

「う～んっ……上手く行かないな」

ダインがいたのは、通路の一画だった。杖を握りしめながら、ポーズを決めている。

レイトは最初、ダインがなんらかの儀式でもしているのかと思ったが、そうではないらしい。彼は足元に置かれた黒い装丁の分厚い本を眺めながら独り言を述べていた。

「こうか？　いや、こうだなっ!!」

ダインが何をしているのか気になったレイトは、「遠視」と「観察眼」、さらには邪魔をしないように「隠密《おんみつ》」と「無音歩行」の技能スキルを発動させて接近する。

存在感を限りなく薄くさせたレイトは、柱の陰に隠れてダインが読んでいる本を盗み見した。

（何を見てるんだろう……）

ダインの見ていたページの見開きには、魔術師らしき青年の挿絵と、何かの魔法の使用方法が事細かに書かれた説明文が載っていた。

「よし……『シャドウ・バイト』!!」

ダインが挿絵の人物と同じポーズを取りながら杖を突き出した瞬間、彼の影から狼の頭部を想像させる形状の黒色の物体が放出され、地面を這いずるように大きな口を開けながら前方に移動した。

ダインは驚愕と歓喜の入り混じった表情を浮かべ、感激の声を上げる。

「や、やったぁっ!!　初めて成功したっ!!　これでレイト達を見返してやるっ!!」

「おめでとう」

「うわぁあああっ⁉　れ、レイトッ⁉」

後方からレイトが声をかけると、ダインは悲鳴を上げて振り返った。

「あ～びっくりした……ったく、驚かせるなよ‼」

「ごめんごめん……それより、さっきのは新しい影魔法？」

「あ、ああ、そうだった‼　今の魔法、見てたんだよな⁉　すごいだろっ⁉　この本に書いてあったんだよ‼」

ダインは嬉々《きき》とした表情で黒い書物をレイトに見せつけた。その表紙には「闇魔法の心得」と書かれている。いかにもオカルトチックな怪しいタイトルだったが、実際にダインが魔法を発動したことから、本物の魔法が載っている書物であることは間違いない、とレイトは判断する。

「ダインの私物じゃないよね。これはどこで見つけたの？」

「そこの部屋の本棚にあったんだよ。どうやら、世界中の闇属性の魔法が載ってるらしい。損傷が激しくてほとんどのページが読めなかったけど……『シャドウ・バイト』って影魔法が載っていた部分は無事だったんだ」

「へえ……」

レイトは本をダインから受け取って、パラパラとめくってみる。

彼の言葉通り、ほとんどのページは酷く汚れたり破れたりしているので文章が解読できなかった。

レイトは本を閉じ、ダインに尋ねる。

「さっきの魔法、影魔法なんだよね？　なんか、狼みたいなのが飛び出していたけど……」

「そうなんだよ!!　本の内容によると、影の形を狼の頭に変化させて相手に噛みつかせる魔法なんだってさ!!　でも、攻撃能力があるわけじゃなく、噛みついた相手のステータスを一時的に低下させるらしいんだ!!」

「え？　攻撃能力ないのっ⁉」

先ほどの強そうな狼の影からは想像もできなかった事実に、レイトは驚きの声を上げた。

ダインはばつの悪そうな表情を浮かべながら言う。

「そ、その代わりステータスを下げられるんだから十分だろ⁉　それに『シャドウ・バイト』は僕の扱う二つの影魔法と違って、相手に噛みついたらしばらく離れないんだよ。その間はステータスが低下させ続けられるし、僕自身の影と切り離すこともできるから他の影魔法も使える優れものなんだぞ⁉」

「へえ……」

影魔法の特徴は自分の影を利用することであり、普通は一度に一つしか使えない。影魔法は一つ一つが強力なため、二種類を同時に仕えるのは大きなメリットとなる。

ちなみに、影魔法の影を物理的な攻撃で破壊することは不可能だ。強い光を当てれば影が消失してしまうが、日中の太陽光程度ならば消えることもない。

影魔法は、暗闇では絶大な効果を発揮する。影の射程距離や魔法の性能が大きく上昇するからだ。もちろん、ある程度の光源は必要だが。

ちなみに、ダインが使える影魔法は二種類存在する。

まず、「シャドウ・バインド」は単体の相手を影で拘束し、身体の自由を奪う魔法である。また、ある程度相手を操作することもできる。

もう一つの「シャドウ・スリップ」は、影を凄まじい速度で伸ばし、足払いをかけて相手の体勢を崩す魔法だ。複数の相手を同時に転ばせることもでき、しかも超重量の相手にも通じる。

どちらも便利な魔法だが、一つの共通した弱点が存在する。それは、魔法の使用中は詠唱者が動けなくなることである。

だが、今回ダインが覚えた「シャドウ・バイト」は影を切り離して相手に解き放つため、発動中でも自由に動けるとのこと。また、狼の頭部に変化させた影は、三十秒程度ではあるがダインの意思で操作できるのだという。

ダインの説明を聞いたレイトは、続けて尋ねる。

「ステータスを低下させると言っても、どれくらい下げられるの？」

「それは試してみないと分からないけど……」

「じゃあ、俺にやってみてよ。痛くしないでね」

「ええっ⁉」

レイトの発言にダインが驚いた。

だが、実際に魔法の効果を確かめておかないと実戦で使用するのは危険である。彼はしばらく渋ったが、効果を確かめる重要性をレイトが伝えたことで仕方なく承諾し、魔法の準備をする。

十メートルほど離れた距離に移動したレイトに、ダインは声をかける。

「よ、よ〜し……行くぞレイト!!」

「かかってこいやぁっ!!」

「『シャドウ・バイト』!!」

呪文とともに、狼の頭部を模した影の塊がダインから放たれ、レイトの足首に噛みつく。

「くっ……あれ？　痛くはない……うあっ!?」

噛みつかれた箇所から力が抜けていく感覚に襲われ、レイトは膝を崩してしまった。

「れ、レイト!?　大丈夫か!?」

「へ、平気とは言いにくいけど……大丈夫」

慌ててダインが駆けつけようとするが、レイトは手で制止した。

続いて魔法の効果を確かめるため、自分の足に噛みついた狼の頭部に両手を伸ばすが、引き剥がせる様子はない。

「くぅっ……なんかぶよぶよしてて気持ち悪いな」

それどころか、影に触れた手の部分からも力が抜けていき、身体の感覚が狂わされてしまう。レイトはどうしたものかと考え、試しにこの状態で「光球」の魔法を発動することにした。

レイトの掌に光の球体が誕生し、それを近づけると影が黒い霧と化して消えていく。

「あっ……弱点はやっぱり変わってないのか」

レイトが半《なか》ば拍子《ひょうし》抜けしたように呟くと、通路にコトミンを抱えたゴンゾウとスライム二匹を背中に乗せたウルがやってきた。

「こんなところにいた」

「おお、やっと見つけたぞ」

「ウォンッ!!」

どうやら彼らはウルに匂いを辿ってもらって探しに来たらしい。

ダインが仲間達に言う。

「なんだよ、結局みんな集まってきたな……そんなに僕のことが心配だったのか?」

「そうだよ。ダイン一人だけにすると魔物に殺されそうだもん」

「くぅっ……何も言い返せないのが余計に腹立たしい!!」

ダインは大きなため息を吐き出した。

だが、彼が新しい魔法を覚えたことは素直に喜ばしい。戦人形《バトルゴーレム》のような無生物相手に「シャドウ・バイト」の効果があるのかは不明だが、少なくとも普通の魔物と戦うならば有効な魔法なのは間違いない。

すると、コトミンとゴンゾウが口を開く。

「レイト、そろそろ先に進むぞ」

「もう昼過ぎになる。早めに探索を終わらせないと、ここで一晩過ごすことになるぞ」

その言葉を聞いたダインがぶるりと身震いした。

「あんな化け物が棲息している遺跡で寝泊まりはしたくないな……」

「そうだね。そろそろ先に進もう」

この遺跡は滅多に魔物が寄りつかない安全地帯だが、その事情を説明することはできないのでレイトはみんなの意見に従う。

彼は次の目的地を決めるため、アイリスと交信する。

『アイリス大佐、聞こえるか？』

『どうしたス○ーク……いや、いい加減にこういうネタは危ないですから、やめましょうね』

『さっき素材を探せとか言ってたけど、どこにあるんだよ？』

『町の中央部に移動してください。そこに聖剣が製作された鍛冶場《かじば》がありますから、その地下に隠されている「オリハルコン」と「アダマンタイト」を回収しましょう』

『ファンタジー世界らしい金属の名前だな……』

交信を終えたレイトは、みんなを上手く誘導して中央部に進むことにした。残り二体の戦人形《バトルゴーレム》に遭遇しないように気を配りながら建物を抜け出す。

「よし、ウル、敵が近づいてきたら教えるんだぞ」

「ウォンッ‼」

「スラミンとヒトミンも……あれ、どこに行った？　コトミンの服の中に隠れたのか？　ほら、出てこい‼」

「いやんっ……これは自前」

コトミンが顔を赤くし、自分の胸を隠しながら言った。

そのとき、ゴンゾウがレイトに声をかける。

「レイト、スライム達はこっちだ」

『ぷるぷるっ？』

スライム達がゴンゾウの肩から姿を現した。レイトが両手を差し出すとヒトミンがそこに飛び込み、スラミンはコトミンの頭の上へと移動する。

「ゴンちゃんの背中に貼りついてたのか。大分懐いたようだね」

「うむ。最初の頃は俺の姿を見るだけで逃げていたからな」

ゴンゾウの言葉に、ダインが首を傾げる。

「え、そうなの？　僕は最初の頃から割と懐いてたけど……」

すると、コトミンが言う。

「ダインの場合は危険がないと判断されただけ」

「なんだよそれ⁉　スライムにすら馬鹿にされてたのか僕⁉」

『ぷるぷるっ（細かいことは気にしないでいい）』

建物を出たレイト達は、中央部を目指して歩きだす。

もしも敵が近づいてきてもウルの嗅覚とスライムの感知能力があれば事前に気づくことができる。レイトも感知系のスキルはいくつか所持しているが、常に発動し続けていると体力と精神の消耗が激しい。

レイトはスライム達に向けて言う。

「君達は本当に役に立つな。あ、そうだ。スラミンに魔石を食べさせたら分裂するんだっけ？　魔石をあげまくればスライムハーレムが築けるかな？」

「それは楽しそう」

『ぷるぷるっ』

コトミンは乗り気だったが、二体のスライムは身体を揺らし、可愛がるのは自分達だけにしろとばかりに主達の頬をぺちぺちと叩いた。ちなみにヒトミンは元々スラミンの分裂体だが、今や性格も色も異なる別個体と化している。

レイト達はペット達と戯《たわむ》れながら移動し、目的地である鍛冶場に到着した。

「ここに何かありそうだから、ちょっと調査しようか」

レイトが言うと、ダインは目の前の建物を見て目を細める。

「ここって……鍛冶場か？」

「ああ、ドワーフの鍛冶場だろう。だが、随分と荒れているな……」

ゴンゾウがしげしげと眺めながら呟いた。

建物は半壊しており、火事が起きた痕跡も残っていた。レイトは地面に落ちている工具用と思われるハンマーを拾い上げたが、柄の部分が腐っていたため折れてしまう。

「ここで聖剣が作られていたのか……」

「え？　何か言ったレイト？」

「いや、なんでもない」

レイトの独り言を聞いたコトミンが反応したが、彼は首を横に振って答える。

元は聖剣や神器の製造された場所だったらしいが、現在は見る影もなく、もう鍛冶場としては機能できないことは明白だった。それでもアイリスによれば、聖剣や神器の素材が残っているのは間違いない。

レイト達は手分けして入念な調査を始める。

「ウォンッ!!」

「お、何か見つけたのかウル？」

ウルがレイトを呼び出し、床を前足でトントンと叩く。床には石の板が嵌《は》められており、この下に何かが隠されていそうだ。

レイトがどうやって石板を砕こうかと考えていると、ちょうどいい具合にゴンゾウがまだ使えそうなツルハシを担いでやってきた。

「レイト、俺に任せろ。そこに転がっていたツルハシを見つけた」

「おおっ、じゃあ任せた」

ゴンゾウがツルハシを振り上げ、石板を目掛けて勢い良く振り落とした。

ツルハシの先端が石板に食い込み、罅割れが広がる。その後も何度かツルハシを叩きつけると石板が完全に砕け散り、下に隠されていた地面が露わになった。

「お、地面が出てきた。あとは任せて」

「何をする気だ？」

「『土塊』の魔法で中に埋まっているものを取り出す」

レイトは石板の欠片を取り除き、地面に向けて「土塊」を発動して土砂を掘り起こす。

すると、地中に隠れている金属の箱が出てきた。大きさは五十センチ程度であり、鍵が付けられている。

「おおっ」

「よし、開いた」

レイトは「形状高速変化」のスキルを発動して鍵を解除した。

「こういうときは便利だよな、錬金術師のスキルって……」

「何が入ってる？」

蓋を開けて中身を確認すると、青色に輝く綺麗な水晶が入っていた。

それを見た瞬間、ダインが驚きの声を上げる。

「嘘だろっ……それ、オリハルコンじゃないかっ⁉　あの伝説の金属の……‼」

「これがオリハルコン？」

「やったよレイト‼　これを売れば一生遊べるほどのお金が手に入るぞっ‼　大金持ちの仲間入りだっ‼」

ダインの喜びようからオリハルコンが非常に貴重な素材であることはうかがえるが、レイトとしては売り払うつもりはない。

「でもダイン、売るのはもったいない気がしない？」

「え、嘘だろっ⁉　これを売ればすごい大金が手に入るんだぞっ⁉」

すると、ゴンゾウがダインの肩に手を置いて言う。

「ダイン、これはレイトが見つけたものだぞ？」

「うっ……そ、それはそうだけど……」

「とりあえずは俺が持っておくよ。売却するかどうかはあとで決めようか」

レイトはそう言ってオリハルコンを収納魔法で回収した。

続いて彼は、アダマンタイトの捜索を開始する。アイリスと交信すれば正確な位置を把握できるのだが、他にも貴重な素材が見つかるかもしれないので時間をかけて調査することにしたのだ。

そのとき、急にダインが大声を上げた。

「あ、ゴンゾウちょっと待って!!　そのツルハシを見せてくれよ!?」

「どうした？」

「いいから早くっ……うわっとと!?」

ゴンゾウからツルハシを受け取ったダインは予想外の重量に落としそうになるが、なんとか踏ん張って持ち直す。

彼はツルハシの柄の部分を見て、唖然《あぜん》とした表情を浮かべた。

「し、信じられない……この柄、世界樹の枝で作られているよ!!　これだけでも僕の借金を返せるくらいの価値がある」

「世界樹……確か魔法耐性の高い木材だっけ？」

世界樹は非常に優れた素材として有名であり、レイトの退魔刀の柄《つか》の部分も世界樹の枝が使われている。

仲間達は鍛冶場に放置されている他の道具を集め、一つずつダインに見せていった。

「ダイン、これが何か分かるか？　鏡かと思ったが裏のほうに取っ手が存在する」

「そ、それは反鏡盾《はんきょうたて》じゃないか!?　あの反鏡剣と同じ『反鏡石』って素材で作られた盾だよ!!」

反鏡剣とは、レイトが以前使っていた武器の名前である。反鏡剣は魔法を撥ね返す性質を持ち、

同じ素材でできているのなら、反鏡盾も魔法を反射できるのだろう。

「じゃあ……この大きなトンカチは？」

コトミンが巨大な銀色のハンマーをダインの前に持ってきた。

「それトンカチじゃなくて大槌《おおづち》だよ‼　多分、小髭族《ドワーフ》が使っていた道具だと思うけど……これはなんの素材か分からないな」

「ならいらない」

「いや、捨てなくてもいいよねっ⁉」

コトミンがつまらなそうに大槌を投げ捨てた。

「ウォンッ‼」

『ぷるぷるっ』

「お、ウル達も何か見つけてきたのか……なんだそれ？」

ウルが口に咥《くわ》えて運んできたものはコトミンが発見した大槌と同じ形状をしていたが、こちらは金色だった。最初は黄金で作られているのかとレイトは思ったが、受け取ってみると異様に軽いことに気づく。片手で持ち上げられるほどの軽量である。もしやと思いコトミンが捨てた銀色の大槌も持ってみたが、こちらも凄まじく軽かった。

レイトが金色の大槌をダインに見せると、彼は怪訝な顔をする。

「なんだよそれ……それも僕はどんな素材か知らないな。ハンマーの形をしているから、小髭族《ドワーフ》の鍛冶用の道具だとは思うけど……」

「そっか、ありがとう。それにしても、結構色々と残ってるな……宝の山じゃん」

レイトが呟くと、アイリスの声が脳内に響く。

『あの戦人形《バトルゴーレム》が遺跡を守護しているせいですよ。大昔のバルトロス帝国の軍隊も何度かこの施設の素材を回収しようとしましたけど、七体の戦人形《バトルゴーレム》に阻まれていたんです』

「なるほどな……」

帝国が回収しようとしていたのなら、彼の持つ金色の大槌も貴重な道具であることは間違いない。ただし、今のところどんな素材なのかは分からず、この場に大槌を扱える人間もいない。

レイトは大槌の使い道について少し考え、とあることを思いついてゴンゾウに話しかけた。

「ゴンちゃん、前に『格闘家』系の職業の人は基本的には拳に装備する武器を使うって言ってたよね」

「ああ、普通はそうだな。闘拳《とうけん》という名前の武器だが……急にどうした？」

ゴンゾウは「拳闘家」の職業だが、修業の一環として棍棒以外の武器を使っていない。しかし、今後の戦人形《バトルゴーレム》では専用の武器があったほうが役に立つだろうと考えたレイトは、錬金術師の能力を使用して彼のために専用の武器を作り出すことを決めた。

「よし、ゴンちゃんの新しい武器を作ろう」

「えっ……どうやって？」

「まあ、見ててよ」

レイトは金色と銀色の大槌を持ったまま、ゴンゾウのもとに移動する。そして彼の両手と大槌を見比べ、新しい武器のイメージを固めていった。

「ゴンちゃん、悪いけど両手を向けてくれない？」

「むっ、こうか？」

「そうそう、そんな感じ」

レイトはまず、ゴンゾウの右手に金色の大槌を乗せる。

「何をする気だ？」

「しっ!!　集中してるから……はんどぱわぁっ」

「また私の口癖がパクられた……こうなったら復讐する。あむっ」

コトミンがレイトの背後から忍び寄り、耳たぶを甘噛みする。

「ちょ……そこは弱いんだって」

思わぬ邪魔を受けたが、レイトは集中力を途切れさせずに「形状高速変化」を発動して、大槌の形を変化させていく。

「こうかな……いや、これでどうだっ!!」

「これは……」

ゴンゾウの右手にまとわりついた金属が徐々に固まり、やがて金色の手甲《てこう》のような武器が完成した。動かしやすくするために手首と指の関節部分の調整をしたあと、今度は銀色の大槌を変形させて反対側の腕にも手甲を作る。

「これでよし、ゴンちゃん専用の闘拳の完成!!」

「おおっ……これはすごいな」

ゴンゾウが両腕の手甲型の武器――闘拳を見ながら感嘆の声を上げた。

ダインとコトミンも驚いている。

「ま、まさか大槌を他の武器に変えるなんて……」

「さすがはレイト……略してさすレイト」

「だから略すなっ!! 今度は俺が耳たぶに噛みつくぞ!!」

「いやんっ……心の準備ができてない」

ゴンゾウが両手の拳を何度も合わせ、その度に金と銀の闘拳がぶつかって金属音が響き渡る。

彼は新しい武器の具合を確かめるために拳を構え、勢い良く振り抜いた。

「ぬんっ!!」

「おおっ、格好いいっ!!」

「レイト、悪いがこいつの威力を試したい。例の氷の魔法で何か作ってくれないか?」

「『氷塊』のことね、いいよ別に」

レイトは即座に「氷塊」の魔法を発動して、三メートル程度のゴーレムを模した氷像を作り出した。

ゴンゾウが構えを取り、氷像に向けて右の拳を突き出す。

「『拳打』!!」

すると、氷像の上半身がいとも簡単に砕け散った。

「うわぁっ!?」

「にゃうっ……びっくりした」

さらにゴンゾウは左腕を構え、続けざまにパンチを放つ。

「『連打』っ!!」

「おおっ!?」

連撃を受け、氷像は粉々に砕かれた。

その光景にレイト達は思わず拍手を送り、ゴンゾウは闘拳が傷一つ付いていないことを確認して、満足げに頷く。

「これはすごいな!! 大抵の闘拳は俺が本気で殴ると一発で罅が入るんだが……この武器なら大丈夫そうだ」

「喜んでくれて良かった」

「だが……どうやって外すんだ？」

ゴンゾウは闘拳を引っ張りながら尋ねた。

「あ、ごめん……自力で取り外せるように調整するよ」

レイトは慌てて改造を加え、闘拳をいつでも着脱可能にした。今後の戦闘において、ゴンゾウはさらに活躍してくれることだろう。

「それにしても本当にここは宝の山だな。まだ他にも色々とありそう」

「よ～し!!　この調子でもっと回収するぞ!!」

「ダイン、そのツルハシは持っていくのか……？」

ツルハシを抱えながら、興奮した様子で鍛冶場の探索を開始するダイン。レイト達も素材を探して回る。

『ぷるぷるっ』

「お、ヒトミン、何か見つけたの？」

『ぷるるんっ』

「スラミンも見つけたみたい」

すると、地面を飛び跳ねながら二匹のスライムが何かを持ってきた。

ヒトミンがレイトに見せたのは青く輝く硬貨で、スラミンはコトミンに銀色の腕輪を見せていた。

「なんだこれ？　見たことない硬貨だけど……帝国時代のお金かな？」

「こっちの腕輪はなんなのか知ってる。魔力の回復効果を高める『魔力腕輪』と呼ばれる魔道具……のはず」

「何それ、超欲しい」

「駄目……これは私がもらう。早い者勝ち」

「あ、ずるい……こうなったら寝ている間に盗んでやる」

「そんなことをしたら毎回レイトが風呂に入っているときに裸で乗り込む」

「それはコトミンのほうが恥ずかしいんじゃないのか……？」

漫才めいたやり取りをしながら、コトミンは腕輪を嵌めて満足そうに頷いた。レイトはそんな彼女を羨ましく思いながらも、ヒトミンが発見した硬貨を懐《ふところ》にしまう。そしてあとでダインに聞いてみようと思っていると、ちょうどいいタイミングで彼の声が聞こえてきた。

「お〜いっ!!　こっちですごいの見つけたぞっ!!」

「あ、ダインの声だ……あっちのほうだな」

「……こんな場所で大声を出すなんて、なかなか勇気がある」

『戦人形《バトルゴーレム》に殺されるかもしれないのに、呑気な方ですね』

「……ん？　今、私達以外の声がした気がする」

「気のせいだよ、きっと」

レイトはコトミンの言葉に少しだけヒヤッとしながら、ダインのいるほうへ向けて歩きだした。アイリスの声はレイト以外に聞こえるわけがないのだが、鋭いコトミンは何かを感じ取ったのかもしれない。

レイト達が移動すると、ダインは鍛冶場の隣にある大きな建物の前に立っていた。漆黒《しっこく》の金属製の建築物であり、立地的に素材の保管庫だと思われる。

「みんな、これ見ろよ‼　この建物の素材、なんだか分かるか？」

「何って……黒曜石《こくようせき》とか？」

「馬鹿、違うよっ‼　これ、全部アダマンタイトだぞっ⁉」

「あの希少な魔法金属かっ⁉」

ダインの発言にゴンゾウが驚いた声を上げた。

その一方でレイトもまた驚いていた。アイリスから事前に存在は聞いていたが、まさか建物の建築素材として利用されていたとは思っていなかったのだ。

「なあ、すごいだろ⁉　くっそ～……このアダマンタイトを少しでも削り取れれば、すごい大金になるのに……‼」

「アダマンタイトは全ての魔法金属の中でもトップクラスの硬度を誇るからな。しかも、生半可な熱では溶かすこともできない。最強の金属だと聞いているが……」

「そんなにすごいのこれ？」

レイトが言うと、ダインが即答する。

「当たり前だろ‼　な、なあ……中に何が入っているのか気にならないか？　アダマンタイト製の建物なんだぞ。きっと、中にはとんでもないお宝があるはず……‼」

建物の正面には、巨人族《ジャイアント》でも潜り抜けられるほどの巨大な扉が存在した。ただし、これまた巨大な鍵穴があるため、開錠しない限り開くことはない。

「レイト、この扉を開けられる？」

コトミンの言葉に、レイトは自信なさげに首を捻った。

「う～んっ……やってはみるけど、あんまり期待しないでね」

「頼むぞレイト……頑張れよっ‼」

「クゥ～ンッ……」

レイトは建物の扉に掌を伸ばし、錬金術師の能力を生かして鍵の開錠を実行する。以前の彼の能力では不可能だったが、現在はＳＰというポイントを使用してスキルを強化したため、魔法金属であろうと操れるようになっている。

その結果、無事にアダマンタイトの鍵穴を変形して開錠することができた。

「てりゃっ‼」

「「「おおっ⁉」」」

派手な音が響き渡り、全員が驚愕の声を上げた。

ただ、扉が開く様子はない。あくまでも鍵を開けただけなので、自力で入る必要がある。

構造を調べると、扉は内開きだった。

ゴンゾウが前に出て、扉を力ずくで押し込む。

「どいていろ……ふんっ!!」

すると、徐々に扉が内側に押し開かれていった。

「やった!! 動いたっ!!」

「ぐぐぐっ……!!」

ダインが興奮した様子で見守るが、唐突にウルとスライム達が唸り声を上げる。

「グルルルルッ……!!」

『ぷるぷるっ……!!』

「え？ どうしたウル？ ヒトミン？」

「スラミン？」

「ぐぬぬっ……ぬおおっ!!」

「やった!!」

レイトとコトミンは戸惑うが、その間にゴンゾウは扉を完全に開けた。

ひとまずウル達の様子がおかしいことは置いておき、レイト達は中を覗き込む。内部は意外と狭く、あまり大量のものが保管されているようには見えない。

そのとき、レイトは人型の謎の物体を見つけた。

「なんだこれ……うわ、なんだっ!?」

次の瞬間、人型の物体の目がゴーレムの起動時のようにキラッと光った。

「ま、またさっきの奴らの仲間か⁉」

「何か、光った？」

レイト達は即座に警戒態勢に入り、建物から距離を取る。

戦人形《バトルゴーレム》が保管されていたのかと身構えたが、すぐにそうではないと気づく。

「あれ……ちょっと待って。これ、ゴーレムじゃないよ」

「ご、ゴーレムじゃない？」

「……魔力は感じるけど、核の反応を感じない。これは……人形だよ」

レイトは「暗視」のスキルを発動し、暗い室内に目を向ける。

すると、人形の全貌が見えた。

「なんか鎧っぽいものを着ているけど……ひとまず危険はなさそう」

「鎧？　ほ、本当に動かないんだろうなっ⁉」

「本当だって……『光球』」

レイトは光の球体を生み出し、室内を照らす。

人型の物体はやはり木製の人形で、戦国時代の武将が着ていたような鎧を身に着けている。人形の目元の部分に赤い宝石が埋め込まれており、これが外の光に反射したことで光ったように見えたらしい。

「な、なんだよこれ……こんな鎧、見たことないぞっ⁉」

ダインが驚いたように言った。

ゴンゾウも口を開く。

「俺は見覚えがあるぞ。子供の頃に獣人族《ビースト》の国に訪れたとき、そこの将軍がこれと似たような鎧を着ていた」

「へえ……あ、兜の部分に名前が刻まれてる。えっと……黒夜叉《くろやしゃ》？」

名前の通り、その鎧は漆黒だった。建物と同じアダマンタイト製かもしれない、とレイトは考える。

「ちょっと怖い……でもイカす」

「えっ」

コトミンの言葉に、ダインは怪訝な顔をした。

「これが保管されていたお宝？　大きさから考えてもゴンちゃんしか装備できないね」

そんな二人をよそにレイトが言うと、ゴンゾウは首を横に振る。

「いや、これは俺でも無理だな。重すぎる。おそらく、この鎧は人間の成人男性用だ」

ゴンゾウは巨人族《ジャイアント》だが、年齢的にはまだ子供である。重量的にも装備は難しいらしい。

それならば、と収納魔法で回収を試みたが、そうすることも無理だった。レイトのレベルでは収納できないほど重かったのである。

「これはちょっと回収できそうにないな……」

「いや、アダマンタイト製の貴重な装備なんだぞ⁉　せめて兜部分だけでも‼　ふんぎぎぎっ‼」

ダインが黒夜叉の兜を持ち上げようとしたが、びくともしなかった。

「諦めろ。人形の頭部に完全に固定されている」

持ち帰れない以上は諦めるしかなく、倉庫には他に保管されている物体も見当たらないので引き上げることにする。

「くっそう……すごい価値のお宝なのは間違いないのに」

「しょうがないだろう。別にそのツルハシだけでも借金は返せるんだろう？」

「そうだけどさ……あ、そうだ‼　レイトのスキルでなんとかできないの⁉」

「なんとかって……何をどうするの？　鎧は持ち帰れないけど」

「えっと……兜や鎧の一部を変形させて引き剥がすとか？」

「それならこの建物を変形させればいいでしょ。同じアダマンタイトなんだし」

レイトは建物の壁に両手を合わせ、錬金術師の本領を発揮した。

「ぐにょ～んっ」

「うわっ⁉」

「おおっ……」

「……粘土《ねんど》みたい」

レイトは奇妙な掛け声とともに「形状高速変化」を発動し、壁の一部を引き伸ばした。続けて付け根の部分を「金属変換」のスキルで柔らかい金属に変化させ、退魔刀を引き抜いて斬り裂く。

「とうっ!!」

「斬った!?」

こうしてレイトは、二メートルほどの長さのアダマンタイトを回収した。「金属変換」の効果が切れれば材質は元に戻るため、純粋なアダマンタイトの延《の》べ棒となる。もっと取り出すこともできるが、持ち帰ることを考えればこの程度が限界である。

レイトは収納魔法を発動してアダマンタイトを異空間に収納した。

「これは帰ったらみんなで分けようか。ダインもこれでいいでしょ?」

「あ、ああ……レイトが仲間で本当に良かったよ」

「でも、建物が歪《ゆが》んだ」

「左に傾いてしまったな」

コトミンとダインが倉庫を見ながら言った。二人の言う通り、やや変な形になってしまっていたが、別に現在は誰も使用していないので問題はないとレイトは判断する。

仲間達と相談して、彼らはこれで引き返すことにした。貴重な金属を手に入れられた上、世界樹の素材も見つけられた。冒険都市へ帰って各自で素材を分配すれば、今回の冒険は終わる。

「あ、でも神器の『アックス』はどうしようかな……あとで回収しようと思って洞窟に置いてきちゃったけど」

「別の機会に回収に戻ればいいんじゃないか？　あれほどの重量ならば、魔物にも持ち上げられないだろう」

レイトの言葉に、ゴンゾウがそう答えた。

「ミノタウロスくらいの力がないと扱えない代物だからな……」

「レイト、アインが戻ってきたら使わせるといい」

「おお、なるほど!!　それは名案だな……よしよし」

「ふぁあっ……唐突なスキンシップにどきっとした」

レイトはコトミンの頭を撫でる。

アインとは以前レイトが仲間にしたサイクロプスで、今はエルフの王女ティナの護衛として別行動を取っている。サイクロプスの怪力はミノタウロスにも劣らず、アインが戻ってくればアックスの回収も楽にできるだろう。

「じゃあ、今日はもう帰ろうか」

「またあの森を移動するのか……面倒だな」

「大丈夫、そう言うと思って実はマリア叔母様……いや、姉さんからこれをもらってきた」

レイトはそう言って、水晶でできた板を取り出した。表面には転移魔法である「星形魔法陣《スターゲート》」が刻まれている。

これはマリアが開発した「解放術式《リリース》」という術式で、「付与魔法《エンチャント》」の一種である。魔法の力を水晶の板に封じ込めており、魔法の名前を唱えることで効果を発揮する。ちなみに、彼女はこれを「水晶札《クリスタル》」と呼んでいる。

「これを使えば思い描いた場所に移動できるらしい。とりあえず、狼車に戻ろうか」

「それって、この間の腐敗竜との戦闘でギルドマスター達が使っていた魔道具だろ？　よくもらえたな……」

ダインが驚いたように呟いた。

「それちょうだ〜いっ……という風に言ったらいっぱいくれたよ」

「軽いなおいっ⁉」

水晶札《クリスタル》は希少品だが、現在は量産化の準備が進んでいる。現時点では魔術師しか扱えない魔道具であり、しかも封じ込めた魔法の属性への適性がなければ扱えないが、いずれは改良を施すとのこと。

「じゃあ、使うよ。みんな、俺のもとに集まって……ふぇっくしょん‼」

「うわっ⁉　お、驚かせるなよ‼」

「いや、ごめんごめん……でも何か急に寒くなったような気がしない？」

「私は別に何も感じない」

「いや……確かに寒くないか？」

「クゥ〜ンッ……」

『ぷるぷるっ……』

人魚族のコトミンを除き、レイト達は周囲の温度が急激に下がったような感覚に陥った。しばらくすると、吐息が白くなってしまう。

何が起きているのかとレイトがあちこちを見回していると、不意に肩の上のヒトミンが激しく揺れ動いた。

『ぷるぷるっ!!』

「うわ、どうしたヒトミン!? まさか、ついにお前も人型に進化するときが訪れたのか!?」

「いや、何か伝えたいんじゃないのか?」

「この反応……敵が近づいている」

『ぷるんっ!!』

ヒトミンとスラミンが怯えるように自分の主人の服の中に潜り込んだ。

レイト達は警戒を強め、武器を構える。

その直後、上空から人型の物体が落下してきた。

『ゴロォオオオッ!!』

「なんだっ!?」

大きな着地音とともに現れたのは、青い「戦人形《バトルゴーレム》」だった。両手に氷塊の大剣と盾を装備していることから、氷属性の個体だと分かる。

唐突な敵の出現だが、レイトの反応は速かった。彼は即座に退魔刀を引き抜き、攻撃を仕掛ける。

「『撃剣』‼」

『ゴロロッ‼』

「受け止めたっ⁉」

赤毛熊《ブラッドベア》程度の魔物なら一撃で屠《ほふ》れるレイトの攻撃を、戦人形《バトルゴーレム》は剣で受け止めた。その光景を目撃したダインが驚愕の声を上げる。

続いてゴンゾウが、レイトの製作した闘拳を装備し、反対側から殴りつける。

「『拳打』‼」

『ゴロォッ‼』

「止めたっ……⁉」

だが、ゴンゾウの攻撃も氷の盾で受け止められてしまった。

戦人形《バトルゴーレム》は力を込め、二人を弾《はじ》き飛ばす。今までに遭遇した戦人形《バトルゴーレム》も相当な戦闘力を誇っていたが、今回の個体は一段と厄介な相手であることは間違いない。

体勢を整えたレイトとゴンゾウは、自分の武器を見て目を見開く。

「凍ってる⁉」

「ぬうっ⁉」

戦人形《バトルゴーレム》に接触していたのはほんの数秒にも満たないというのに、退魔刀の刃と右手の闘拳が凍りついていたのだ。

『ゴロロロロッ!!』

「うわっ!?」

「『シャドウ・バインド』!!」

レイトに攻撃を仕掛けた戦人形《バトルゴーレム》に対し、ダインが咄嗟に影魔法を発動して、相手の身体を拘束する。

ダインのおかげで、レイトの頭部に迫っていた氷の刃が寸前で停止した。

『ゴロロロロッ……!?』

「や、やった!! 今度は成功した!!」

「ナイス!!」

「レイト、ゴンゾウ、こっちに来る」

コトミンが二人に呼びかけた。

「何をする気だ?」

「凍った武器を水で溶かす。そのままだと脆《もろ》くなってるから」

レイトとゴンゾウがコトミンのほうに近づくと、彼女は服の中に手を突っ込み、胸の隙間からスラミンを取り出した。そして凍りついた武器に近づけて放水させる。

「スラミン、『水鉄砲』」

『ぷるんっ!!』

スラミンの吐き出した水が、二人の武器を溶かした。

「ありがとう」

「おおっ……助かったぞ」

「あの、早くこいつにとどめを刺してくれないかなっ!?　僕が押さえているうちにさっ!!」

『ゴロロロロッ……!!』

戦人形《バトルゴーレム》を必死に押さえつけるダインが叫んだ。これまでの戦闘で何度も影魔法を使用しているので、ダインの残り魔力は少なく、顔色も悪い。早急に決着をつける必要があった。

「ダイン、あと十秒くらい頑張って!!」

「無理っ!!　あと五秒が限界っ!?」

「みじかっ……分かったよ!!」

『ゴロォッ……!?』

レイトは退魔刀を構え、「重力剣」を発動した。

大剣が紅色の魔力をまとったのを確認して、彼は戦人形《バトルゴーレム》の背後から一気に距離を詰め、頭部を目掛けて振り下ろす。

「『兜砕き』!!」

『ゴガァアアアッ……!?』

「やった‼」

大剣の刃が頭部に衝突し、一瞬にして戦人形《バトルゴーレム》の身体が左右に斬り裂かれる。その光景にダインは歓喜の声を上げながら影魔法を解除し、真っ二つになった戦人形《バトルゴーレム》は地面に倒れ伏した。

「ふうっ……意外と手応えなかったな。動きは良かったけど、防御力は他の奴らのほうが高かったかもしれない」

剣を肩に担いで警戒を緩めたレイトに、ゴンゾウが声をかける。

「油断するなレイト‼　そいつの核をまだ破壊したとは限らない」

「分かってるって……どこだ？」

レイトが戦人形《バトルゴーレム》の核である魔水晶を探し出そうとしたとき、戦人形《バトルゴーレム》の残骸が振動を始める。

「なんだ？　急に動いて……嘘っ⁉」

「いかん‼　再生するぞっ⁉」

「ええっ⁉」

レイトの一撃で砕かれた二つの残骸が磁石のようにくっ付き、元通りに合体した。切断面も完全になくなり、何事もなかったかの如《ごと》く起き上がる。この氷属性の個体は、高速再生が可能らしい。

『ゴロォオオオッ‼』

戦人形《バトルゴーレム》は再び大剣と盾を構え、レイトに襲いかかる。

「くぅっ⁉」

「レイト!!」

大盾を突き出してタックルしてきた戦人形《バトルゴーレム》の攻撃を、レイトは大剣で受け止めるが、予想以上の力に吹き飛ばされてしまった。

ゴンゾウが援護しようと拳を構えたが、戦人形《バトルゴーレム》が大剣を横薙ぎに振り払ってきた。

『ゴロォッ!!』

「ぐうっ!?」

「ウォンッ!!」

ゴンゾウは咄嗟に両手の闘拳で受け止めるが、攻撃の勢いを完全に殺し切れずに後方に倒れ込んだ。

戦人形《バトルゴーレム》が追撃を加えようとするが、背後からウルが飛びついて相手の頭部を蹴り飛ばした。

「ガアアッ!!」

『ゴガアッ……!?』

「大人しくしろっ!! 『シャドウ・スリップ』!!」

一瞬よろめいた戦人形《バトルゴーレム》にダインが影魔法を放つ。影は鞭《むち》のように変化して、戦人形《バトルゴーレム》の足を払った。

敵が転んだのを確認して、レイトは大剣を構え直して上空高くジャンプする。

「『兜砕き』!!」

『ゴガァアアアッ!!』

先ほどと同じ戦技で一刀両断しようとしたが、刃が衝突する前に戦人形《バトルゴーレム》の頭部がヘルメットのように変形した。

大剣が頭部に当たった途端、レイトの腕に衝撃が走る。

「ぐぅっ⁉」

「レイトッ⁉」

レイトの両手が痺《しび》れてしまい、彼は何が起きたのかと相手の頭部を見た。

戦人形《バトルゴーレム》は真っ二つになるどころか、浅い斬り傷しか付いていなかった。変形の際に、硬度を増したらしい。

さらに、相手は徐々に姿を変えていく。

『ゴロロロロッ……‼』

「……変身した？」

全体が小さくなり、やがて成人男性程度のサイズに変形したのである。

その光景を見たレイトは言い知れぬ脅威を感じ取り、反射的に大剣を握りしめて攻撃を仕掛けた。

「はああっ……⁉」

『ゴロォッ‼』

「いかん‼　レイト‼」

ゴンゾウが慌てて制止したが、レイトは止まらない。

小さくなった戦人形《バトルゴーレム》は大盾を構え、防御姿勢を取る。

レイトは構わず大剣を振り抜こうとして、自分が致命的なミスを犯したことに気づいた。今にも大盾とぶつかろうとしている退魔刀の刃が、凍結していたのである。

慌てて止めようとしたが、もう遅い。

退魔刀が大盾と衝突する。

『ゴロォオオオッ!!』

「うわぁっ!?」

「ああっ!?」

「そんなっ……!!」

大盾が大剣を弾《はじ》き返した瞬間、レイトの手に嫌な感覚が広がった。それとほぼ同時に、彼は退魔刀の刃が根元から折れてしまったのを目撃する。退魔刀は錬金術師の「物質変換」のスキルで最高レベルの硬度に変化させていたが、凍っていたことでたやすく破壊されてしまった。

戦人形《バトルゴーレム》はレイトに追撃を加えようとする。

『ゴロォッ!!』

「くっ……『縮地』!!」

『ゴォオッ!?』

レイトは瞬間移動のように後方へ下がった。「縮地」は剣鬼として目覚めたレイトが覚えた高速の移動術。体力の消耗が大きいので普段は使用を控えているが、今は出し惜しみしている場合ではなかった。

戦人形《バトルゴーレム》から距離を取ったレイトは、退魔刀の柄を悔しげに見る。

「くそっ……俺の退魔刀が……」

そのとき、レイトに代わってゴンゾウが前に飛び出した。

「うおおっ‼」

『ゴオッ……‼』

次々と戦人形《バトルゴーレム》に連撃を仕掛けるが、全て大盾で防がれてしまう。小さくなったおかげなのか相手の速度が上昇していた。

ゴンゾウの闘拳が徐々に凍りついていく。このままでは退魔刀と同じように壊れてしまうのは時間の問題だろう。

「スラミン、ヒトミン‼」

『ぷるぷるっ‼』

「ぬおっ⁉」

「ゴォオオオッ……⁉」

コトミンが二匹のスライムを握りしめ、大量の水を放った。

通常の戦人形《バトルゴーレム》ならば水は弱点となるが、氷属性の戦人形《バトルゴーレム》には相性が悪いのか水を受けても身体が溶ける様子はない。

レイトは必死に頭を回転させる。

「何か新しい武器になりそうなものは……!!」

そのとき、脳内にアイリスの声が響いた。

『レイトさん!!　さっき回収した物を使ってください!!』

「さっき……あれかっ!!」

レイトは収納魔法を発動し、先ほど手に入れたアダマンタイトを取り出した。そして退魔刀の柄とアダマンタイトを手でくっ付け、「形状高速変化」を発動する。

アダマンタイトが柄に固定されたのを確認し、続いて彼は金属を鋭く変形させる。

「完成っ!!」

レイトの手にアダマンタイト製の漆黒の大剣が作り出された。

彼は新たな武器を握りしめ、戦人形《バトルゴーレム》に向かっていく。

「うおおおおっ!!」

『ゴロォオオオッ!!』

勢いに任せて大剣を振り下ろす。戦人形《バトルゴーレム》は咄嗟に大剣を横薙ぎに振り払って迎撃しようとしたが、
同時にレイトも戦技を使って打ち返す。

「『回転撃』!!」

『ゴロッ……!?』

二本の剣が衝突し、お互いの身体が吹き飛んだ。

レイトは慌てて起き上がり、自分の大剣を確認する。先ほどの退魔刀と違って、今回は凍っていなかった。

アダマンタイトは硬度と魔法への耐性が非常に高い金属である。そして、戦人形《バトルゴーレム》の肉体を形成している氷塊は魔法で作り出されたもの。アダマンタイトならば、相手に何度接触しても凍りつくことはないのだとレイトは理解した。

「こいつはいいな……おらぁっ!!」

『ゴロォッ!?』

戦人形《バトルゴーレム》に猛攻を仕掛けるレイト。相手は大盾で彼の攻撃を防ごうとするが、徐々に氷塊が削り取られていく。斬撃を加える度に攻撃の勢いは増し、レイトの瞳はいつの間にか赤色に変化していた。

徐々に剣鬼の力を解放させているのである。

「うらぁっ!!」

『ゴロォオオオッ!?』

「す、すごい……!!」

「ダイン、見とれている場合じゃない。こういうときこそ影魔法を使う」

「あ、そうだった……援護するぞレイト!!」

戦人形《バトルゴーレム》を一人で追い詰めるレイトにダインは圧倒されるが、冷静なコトミンの指摘に慌てて杖を構え、残り少ない魔力で魔法を放つ。

「『シャドウ・バイト』!!」

『ゴロォッ……!?』

ダインの影が狼の頭部のような形に変形し、戦人形《バトルゴーレム》に向かって放たれた。そして、見事に戦人形《バトルゴーレム》の頭へ食らいつく。

戦人形《バトルゴーレム》にも効果があるのかは未知数だったが、狼が触れた瞬間、相手の動作が格段に鈍《にぶ》くなった。

その隙を逃さず、レイトは新生退魔刀を振りかざし、強烈な一撃を繰り出す。

「『兜……砕き』!!」

『ゴガァアアアッ……!?』

次の瞬間、先ほどは浅い傷しか付けられなかった戦人形《バトルゴーレム》の頭部が砕け散り、周囲に氷のつぶてが舞う。しかし、それでも体内にある魔水晶が吹き飛んだ様子は見られない。

レイトは両手に意識を集中させ、紅色の魔力を迸《ほとばし》らせる。アダマンタイトの刃は魔法耐性が高く、重力をまとわせることができないため、代わりに自分の手に重力の力を集めているのだ。

「からの……『重撃』!!」

『ッ……!?』

再び放たれた大剣の刃が、戦人形《バトルゴーレム》の胸元までめり込んだ。そしてその勢いのまま、一気に戦人形《バトルゴーレム》を両断する。

「おらぁあああああああっ!!」

『ツ――――!?』

戦人形《バトルゴーレム》が声もなく地面に倒れた。衝撃の影響で、身体の残骸には至るところに罅割れが生じており、やがて粉々に砕け散る。

するとレイトの視界に新たなスキルが表示された。


〈技術スキル「重撃剣」を習得しました〉


「おっ……やった」

レイトは笑みを浮かべるが、その直後に大きな疲労感に襲われる。アダマンタイトの刃を作り出す際に大分魔力を消耗していたのだ。

レイトの身体がぐらりと傾いたとき、ウルが慌てて駆けつけて彼を支える。

「ウォンッ!!」

「おっとと……ありがとう」

「レイト!!　そいつの核を早く回収するんだ!!」

「大丈夫、もう私が拾ってる」

戦人形《バトルゴーレム》が再び再生する前に核の回収を指示したゴンゾウだったが、すでにコトミンが破片の中から青色に輝く魔水晶を拾い上げていた。

「ふうっ……今までの奴らの中で一番やばかったかも」

「んっ」

『ぷるぷるっ……』

レイトはコトミンから魔水晶を受け取り、収納魔法で異空間にしまう。そして、大きなため息を吐いて地面に座り込んだ。

そんな彼を労うように、コトミンが頭を撫でる。彼女の両肩には放水しすぎたせいで萎《しな》びたスラミンとヒトミンが乗っていた。ダインとゴンゾウもやつれている。度重なる戦闘で、全員が大きく疲労していた。

「これで戦人形《バトルゴーレム》は六体目か……さすがに疲れたな」

「まったく、どうなってんだよこの遺跡……あんなに強いゴーレムなんて見たことないぞ」

「はんどぱわぁっ」

「おおっ……ありがとうコトミン」

レイトとダインが地面に座り込んで休んでいる間、コトミンがしもやけを起こしていたゴンゾウの両手を治療した。その隣ではスラミンとヒトミンが水筒の水を飲み、通常時の状態にまでなんとか回復する。

そのとき、ウルが戦人形《バトルゴーレム》に破壊された退魔刀の刃部分を咥えてレイトのもとにやってきた。

「クゥンッ……」

「おっ、拾ってきてくれたのかウル。でも……」

刃の全体には罅が入っており、破損が激しい。これでは残念ながら、武器としては使い物にならない。

「スキルを使えば直せないこともないけど……こいつとはここでお別れだな」

すでにレイトは、アダマンタイトの武器を手にしている。「重力剣」といった一部の戦技は使えなくなるが、その代わりに新しい戦技を覚えた。また、どうしても「重力剣」を使いたい場合は「物質変換」で魔法耐性がない別の金属に変化させればいいだけである。

ここまで自分を支えてくれたことに感謝しながら、レイトは罅の入った刀身と刃の破片を一箇所に集め、「土塊」で穴を形成して中に埋め、墓標替わりの石を立てた。

「自分の武器の墓を作るというのはおかしいかな?」

「いや……巨人族《ジャイアント》の間でも、世話になった武器を弔《とむら》うことは珍しくないぞ」

「そっか」

墓を作ったあと、レイトは砕け散った戦人形《バトルゴーレム》を見る。すると、大部分がすでに溶けていることに気づいた。戦人形《バトルゴーレム》の身体を構成していたのは、ロック鉱石ではなく魔法で生み出された氷だったのである。だからこそこの個体は簡単に再生できていたのか、とレイトは理解した。

「ふうっ……あ、しまった。ごめんねダイン、せっかく持ち帰ろうとしたアダマンタイトを武器の素材に使っちゃった」

「もういいよそんなこと……早く帰ろうよ」

さすがにダインも度重なる戦闘でくたびれているのか、元気がない。彼は一刻も早く冒険都市への帰還を望んでいるようだ。アダマンタイトの倉庫に戻れば再び素材を回収できるが、さすがにこれ以上の魔力を消費すると、万が一戦闘が起きた場合に対抗できなくなる。

「じゃあ戻ろうか、みんなこっちに集まって……ちっ」

「えっ⁉　急にどうしたレイト？」

レイトは水晶札《クリスタル》を使用しようとしたが、背後から感じ取った気配に舌打ちをした。

彼が振り返ると、人型の物体がこちらに近づいてきている。最後の「戦人形《バトルゴーレム》」がやってきたのである。

他の仲間達もレイトに続いて振り返る。

「な、なんだあいつは……⁉」

「肌が……ぴりぴりする」

「や、やばい……あれはやばいぞっ⁉　僕にも分かるっ‼」

『ぷるぷるっ……』

「グルルルルッ……‼」

接近してくる敵の姿を目撃した瞬間、全員がその異様な風貌に恐怖した。レイトでさえ無意識に身体が震えている。

新たに現れた戦人形《バトルゴーレム》はこれまでの個体と違い、先ほど発見した黒夜叉のような、鎧武者を想像させる外見をしていた。身体は金色の金属で構成されており、全身から電流が迸っている。右手に握られているのは巨大な大太刀《おおだち》。また、頭部の兜には三日月《みかづき》の装飾が施され、「一式」という文字が刻まれていた。

そのとき、レイトの脳内にアイリスの声が響く。

『こいつが最後の戦人形《バトルゴーレム》です。この個体の着ている鎧と兜は、大昔に召喚された「雷帝」という二つ名を持つ勇者の装備のレプリカです。最強の戦人形《バトルゴーレム》ですね』

「勘弁しろよ……はあっ」

レイトはため息を吐き出し、退魔刀を引き抜く。そして戦人形《バトルゴーレム》を睨みつけ、相手の出方をうかがった。

『ゴガァアアアアッ……!!』

相手もすでに戦闘態勢に入っており、大太刀を構えて刀身に電流を流し始めた。

魔法で生み出した電流ならば、むしろ魔法耐性が高いアダマンタイトの武器を使う自分のほうに分がある。そう考えたレイトは、剣鬼の力を発動し、駆けだした。

「たくっ……俺、魔術師なのになぁっ!!」

『ゴロロロロッ‼』

瞳を赤く輝かせたレイトは、最後の戦闘に挑む。

「『重撃剣』‼」

『ゴロォオオオッ‼』

レイトの退魔刀と戦人形《バトルゴーレム》の大太刀が衝突した瞬間、激しい金属音と振動が周囲に響いた。

だがお互い怯まず、幾度も刃同士がぶつかる。

「『旋風撃《せんぷうげき》』‼」

『ゴガァッ‼』

横薙ぎに振り払われた大剣を、戦人形《バトルゴーレム》は大太刀ではなく腰に差していた鞘《さや》で受け止めた。

予想外の防御法にレイトは意表を突かれるが、即座に退魔刀を下から突き上げる。

「『回転撃』‼」

『ゴォッ……⁉』

振り抜かれた大剣の刃が今度は戦人形《バトルゴーレム》の左腕に衝突するが、小手の部分に掠《かす》り傷が生まれた程度に留まった。並の相手なら一撃で倒壊するほどの斬撃だが、この個体は今まで遭遇した戦人形《バトルゴーレム》よりも頑丈である。

レイトは「縮地」のスキルを発動して戦人形《バトルゴーレム》の背後に移動する。

「うらぁっ‼」

『ゴガァッ⁉』

勢い良く退魔刀を背中に叩きつけるが、やはり掠り傷程度の損傷しか与えられなかった。

レイトは態勢を立て直すため、一旦距離を取る。しかし、それが相手に攻撃の好機を与えてしまうこととなった。

戦人形《バトルゴーレム》は電流を迸らせた大太刀を振りかざす。

『ゴラァアアアアッ‼』

「うおっ⁉」

「うわぁっ⁉」

「雷っ⁉」

次の瞬間、大太刀から電撃が放たれた。

慌ててレイト達は回避に専念する。

電撃は近くに存在した建物の柱に当たり、粉々に破壊する。まともに受ければ即死は免れないだろう。

『ゴラァッ‼』

戦人形《バトルゴーレム》はレイトに狙いを定め、執拗《しつよう》に電撃を繰り出していく。

「うわっ、くそっ、しつこいぞっ‼」

レイトは「縮地」を発動して、電撃が訪れる方向を予測しながら次々と回避した。

「レイト‼」

ゴンゾウが叫ぶが、下手に近づくと自分が電撃の餌食《えじき》となるため、戦闘に参加できない。ダインの影魔法も、相手がまとう電流の光で影が掻き消されてしまうため、効果が薄い。二匹のスライムは先ほどの戦闘で大部分の水分を失っているので放水ができず、ぷるぷる震えている。

仲間達はレイトの援護が難しい状況に陥っていた。

「このっ……いい加減にしろっ‼」

「いかん‼　迂闊に跳ぶのは危険だっ⁉」

レイトが電撃を回避するために跳躍したとき、ゴンゾウが大声を上げた。

戦人形《バトルゴーレム》は逃げ場のない空中に跳んだレイトに大太刀を構え、刀身に電流を迸らせながら勢い良く突き出す。

すると、電撃がレイトを目掛けて飛んでいった。

『ゴラァアアアアッ‼』

「なんのっ‼」

「おおっ……⁉」

咄嗟にレイトが左腕を地上に向けて突き出した瞬間、彼の左腕に絡みついている鎖型の神器、「チェーン」が動きだした。

「チェーン」の先端に付いている十字架型の短剣が地面に突き刺さると、鎖が縮んで彼の身体を地上に引きつける。こうしてレイトは、電撃を無事に回避した。

レイトは地上に下りると同時にチェーンを再び腕に絡みつけ、退魔刀を右手で握りしめた状態で左腕を突き出す。

「『氷装剣』!!」

彼は左手に氷の長剣を生み出し、右手の退魔刀と一緒に構えて二刀流に切り替えた。

そして戦人形《バトルゴーレム》のほうへ駆けだし、氷装剣の刃を超振動させながら斬りつける。

「せいっ!!」

『ゴガァッ……!?』

「やった!?」

氷装剣の刃は、左腕の小手の、先ほど掠り傷を加えた部分とまったく同じ箇所に命中した。脆くなっていた部分に攻撃を与えたことで、小手に罅割れが生じる。それを見逃さず、レイトは退魔刀で追撃した。

「はああっ!!」

『ゴガァアアッ!?』

「ウォンッ!?」

刃が衝突した瞬間、罅割れを通して戦人形《バトルゴーレム》の左腕に衝撃が伝わり、内部から完全に破壊することに成功した。

しかし、相手も負けずに左足を突き出し、レイトの肉体を蹴り飛ばす。

『ゴォッ!!』

「げふっ!?」

「レイト!?　くそ、シャドウ……」

「待てっ!!」

吹き飛ばされたレイトを見た瞬間、ダインは咄嗟に影魔法を発動しようとしたが、ゴンゾウが彼を止めた。どうして邪魔をするのかと、ダインは信じられないような表情を抱くが、即座に彼が止めた理由を察する。

「いててっ……鎖越しでも痛いな」

『ゴロォッ……!?』

レイトはいつの間にか「チェーン」を腹部に巻き付けて防具替わりにしていた。そのため、そこまでダメージを負うことはなかったのである。

レイトは弱っている戦人形《バトルゴーレム》にとどめを刺すべく、両手の剣に紅色の魔力をにじませながら歩み寄る。

「終わりだ」

『ゴロロロロッ!!』

戦人形《バトルゴーレム》は刀身に電流を迸らせながら右腕を振りかざして、迎撃の準備を整える。

お互いが前方に飛び出し、再び全力で斬り結んだ。

「うおおおおおおっ!!」

『ゴガァアアアアッ!!』

激しい金属音が幾度も響き渡る。

片腕だけの状態でもミノタウロス並の膂力《りょりょく》を誇る戦人形《バトルゴーレム》の剣戟を、レイトは受け止め、あるいは弾《はじ》き返す。

その光景にゴンゾウは目を見開き、固まっていた。自分よりも遥かに小柄な少年が、圧倒的な力を誇る存在と互角に斬り合う姿に目が離せない。彼の身体は無意識に震えていた。

「すごい……!!」

「あれが……レイトの本当の力?」

「信じられない……あんなの、まるで英雄じゃないか!!」

「ウォオオンッ!!」

自分達とそれほど年齢の変わらない少年が戦人形《バトルゴーレム》と渡り合う光景に仲間達は圧倒され、ウルは自分の主人の勇姿に声援の鳴き声を上げる。

そしてついに斬り合いの均衡《きんこう》が崩れた。

先に地面に膝をついたのは、レイトのほうである。

「くっ……」

『ゴォオオオオッ!!』

『レイト!?』

勝利を確信した戦人形《バトルゴーレム》は、とどめの一撃を繰り出そうとした。

だが、その光景を見たレイトはニヤリと笑みを浮かべる。

そして彼は、最後の力を振り絞って「縮地」を発動した。

「遅いっ!!」

『ゴァッ……!?』

大太刀が届かない位置にまでレイトが一瞬で移動したため、戦人形《バトルゴーレム》の攻撃は空振りに終わる。

レイトは大振りによって隙が生まれた戦人形《バトルゴーレム》の背後に回り、首元を目掛けて大剣を突き刺した。

「はぁあああああああっ!!」

『ゴガァッ――――!?』

戦人形《バトルゴーレム》の頭部が胴体から完全に切断され、地面に転がった。ほぼ同時に胴体の部分が、糸が切れた人形のようにその場に崩れ落ちる。

そのとき、レイトの眼前に新たなスキルが表示された。

〈技術スキル「刺突」を習得しました〉

レイトは大きなため息を吐き出し、地面に転がった頭部に目を向けて最後の戦技を放つ。

「『兜……砕き』!!」

彼の一撃によって戦人形《バトルゴーレム》の頭部は完全に破壊され、中から雷属性の魔水晶が露出した――

3

――レイトが最後の戦人形《バトルゴーレム》を倒した数時間後、水晶板《クリスタル》を使って無事に深淵の森を抜け出したレイト達は現在、ウルの牽《ひ》く狼車に乗り込んで冒険都市に向かっていた。

遺跡に眠る希少な素材は大方回収した。今回の目的は十分に果たしたと言っていい。あとは都市に帰還して身体を休ませるだけである。

狼車の中で、レイトはコトミンに膝枕をしてもらいながらうめいていた。

「うう～……身体が痛い」

「あんなに無理をしたら当たり前」

すると、ダインがレイトに言う。

「ていうか『回復強化』の魔法で身体を治せばいいじゃん」

「まだ魔力が回復してないから無理……」

戦人形《バトルゴーレム》との戦闘のあと、レイトは体力と魔力を使いすぎた影響で倒れてしまったのだった。

レイトが倒れている間、仲間達は狼車で思い思いに過ごす。コトミンはレイトに膝を貸しながらのんびりとし、ダインは遺跡で入手したアイテムの確認をしていた。ゴンゾウは後方で横たわっており、スラミンが彼の胸の上で見張り役をしている。

『ぷるぷるっ』

そのとき、ヒトミンがレイトの顔に貼りついてきた。

「ひんやりして気持ちいいけど、息苦しい……」

「ヒトミンはこっち」

『ぷるぷるっ』

コトミンがヒトミンを抱え上げる。今回の遺跡の調査ではスライム達も活躍しており、レイトは横たわった状態でコトミンの手の中にいるヒトミンを撫で回して労った。

「お前もよくやったなヒトミン」

『ぷるるんっ』

「レイト、そこはヒトミンのおっぱい……えっち」

「えっ、ここがおっぱいなの⁉」

レイトが驚いていたら、その声に反応したダインが彼のほうを向き、急に何かに気づいて驚いた声を上げた。

「あれ⁉　レイト、どうしたんだよその瞳の色⁉」

「え？　瞳？」

「右目がなんか赤くなってるぞ⁉」

「嘘っ⁉」

レイトは解体用のナイフを取り出し、「物質変換」のスキルで鏡のように変化させる。そして自分の右目を確認すると、ダインの言葉通りに瞳が赤く変色していた。

「あ、本当だ‼　赤くなってる……寝不足なのかな」

「いや、それ充血って色じゃないだろ⁉　大丈夫かお前⁉　治療院に行ったほうがいいんじゃないのか？」

「え～……注射されるのかな」

「そのときは手を握っていてあげる」

レイトは自分に起きた変化の原因を確かめるため、アイリスと交信する。

『リーリス‼』

『もはや誰ですか‼　そろそろ名前ネタも尽きてきたでしょうに……瞳の変化は気にしないでいいですよ。剣鬼の称号の影響を受けているだけです』

『どういうこと？』

『要はレイトさんが剣鬼の力を使いこなせるようになってきた証です。完全に剣鬼として覚醒したら、両目が赤色になりますよ』

『ええっ……聞いてないよ』

『まあ、別にいいじゃないですか。レイトさんって昔、指名手配所を配られたじゃないですか。もしあの手配書を覚えていた人が今のレイトさんに気づいたとしても、瞳の色が違うって言い張れば誤魔化せますよ』

『確かにそうかも……でも、知り合いには驚かれるだろうな……』

『それはしょうがないですね。ともかく、身体に異常が起きたというわけではないので、安心してください』

『分かった』

交信を終えたあともレイトは短剣を眺め続け、あることを思い出す。それは、以前カラドボルグの修復を頼んだ小髭族《ドワーフ》に返した反鏡剣のことだった。

「ウル、ちょっと止まって」

「ウォンッ？」

「え、どうしたんだよ急に？」

「さっき新しく覚えたスキルを使ってみたくてね……『回復強化』」

休んだことで少しだけ魔力を回復したレイトは、魔法で肉体を治療して狼車の外に飛び出す。まだあまり無茶はできないが、剣を振る程度であれば問題ない。

レイトは「重撃剣」を発動して、片手で退魔刀を振ってみた。

「ふんっ!!」

掌にまとった重力の魔力が補助してくれるおかげで、十分な速度で振り回すことができた。

「このスキルを使うと、ほとんど剣の重みを感じなくなるな……」

そうなると、レイトがたまに使っていた二刀流の戦法を、今後はもっと使用する機会が増えるかもしれない。

今までは「氷装剣」で生み出した長剣を用いていたが、やはり本物と比べると斬れ味や耐久性が劣る。そこで彼は、可能なら再び反鏡剣を使いたいと思ったのだが……

「でも、あの剣って滅茶苦茶高いんだよなぁ」

レイトの全財産をはたいても、反鏡剣を購入することはできない。

彼は駄目元でダインに聞いてみることにした。

「ねえ、ダイン。一気にお金を稼ぐ方法とかないかな？　金貨が数百枚くらい欲しいんだけど」

「いきなりそんなことを言われても……例の魔水晶を売り払えばいいんじゃないの？」

『駄目ですよ絶対!!　それを売るなんてとんでもない!!』

アイリスの大声がレイトの頭の中で響いた。

「えっと、他の方法はないのかな……」

ダインはしばらく考え、ゆっくりと口を開いた。

「それなら高ランクの依頼を受けたらどうだ？　ていうか、レイトの冒険者としての階級っていくつだよ？」

「Cランク……腐敗竜戦のあと、いつの間にか上げられていた」

「ああ、それなら俺も上がっていた」

レイトに続いてゴンゾウも言った。

腐敗竜との戦闘で活躍した人物は無条件に冒険者ランクが上昇している。それは、レイトとゴンゾウも例外ではない。

ちなみに、冒険者の階級を上げるには、本来なら試験を受ける必要がある。

なお、現在のレイトのランクだと、報酬として金貨を数百枚もらえるレベルの仕事は引き受けられない。

「Aランクくらいに昇級すれば一気に稼げるようになるのかな」

レイトが言うと、ダインは頷く。

「そりゃそうだろ。なんなら昇級試験を受けたらどうだ？」

「うーん、考えておく」

すると、またもやアイリスの声が聞こえてくる。

『もう当初の目立ち過ぎないように生活するという目標を忘れてますね。まあ、今さらですけど』

その言葉に、レイトは苦笑した。

最初の頃はあまり目立ちすぎず、のんびりとした生活を送るつもりでいた。だが、すでにレイトは冒険都市では名が知れ渡っており、黒虎のギルドの中では最強の冒険者という呼び声も高い。

とはいえ、冒険者ランクを上げるには戦闘力以外の要素も必要である。戦闘実技試験の他にも筆記試験を受けなければならないからだ。また、ときには試験用の高難度の依頼をクリアする必要もあり、結果によっては逆にランクが下がることもある。それはつまり、いい結果を残せば一気に昇級できるチャンスでもあるということだが。

レイトはダインに尋ねる。

「試験を受けるにはお金が必要なんだっけ？」

「そうそう。金貨一枚な。試験のために色々と準備する必要があるから、だってさ」

「レイトなら余裕」

コトミンがそう言ったが、ダインは首を横に振った。

「それはどうかな……腐敗竜の一件で今は魔物討伐の依頼が激減しているからさ。試験のために用意される魔物とかも、大きく変化していると思うよ。例年と同じようにはいかないだろうね」

「面倒だな……」

やはり今すぐ大金を稼ぐのは難しいかもしれない。

そう考えたレイトだったが、試しにアイリスに聞いてみることにした。

『アイリス、いい儲け話はない？』

『お金を稼ぎたいなら例の催《もよお》し物に参加したらいいじゃないんですか？』

「催し物って？」

『闘技祭ですよ。ほら、冒険都市に闘技場があるでしょう？』

『ああ、あれか……』

冒険都市には「闘技場」という建物が存在する。そこには魔物商によって様々な魔物が集められ、日夜冒険者が魔物を相手に戦っている。その催しを、闘技祭と呼ぶ。

闘技祭に冒険者が参加する目的は、腕試しと金儲け。

闘技祭に出場する冒険者は、事前に参加料を支払う。そして試合会場で魔物と戦い、勝った場合は参加料の倍の金額が報酬として支払われるのである。負けた場合は参加料は没収となるが、闘技場内にいる腕のいい治癒魔術師に治療してもらえるため、命を落とすことも滅多にない。ただし、あとで高額な治療費を請求されることにはなるのだが。

怪しさ満点の祭だが、小遣い稼ぎ目的で参加する冒険者も多い。また、魔物との戦いを観戦したいという一般人も毎日のように訪れており、賭博《とばく》も行われているため大量の金銭が動く。冒険都市における観光名所の一つと言ってもいいだろう。

アイリスはさらに話を続ける。

『闘技祭は匿名で出場することもできますから、簡単な変装して参加したらどうですか？』

『なるほど……ちなみに、参加料っていくらなの？』

『冒険者が自由に決められます。大金を払うほど勝ったときに大儲けできるシステムですね。もちろん、大金を賭けたら運営がその分強い魔物を用意してきますけど』

『そっか。俺の所持金は金貨一枚なんだけど……』

『いや、少なすぎでしょう⁉　結構稼いでいたんじゃないんですか？』

レイトの言葉に、アイリスがツッコんだ。

『最近、ウルが高級ドックフード、スラミンとヒトミンが葡萄《ぶどう》酒にハマったせいで貧乏なんだよ。コトミンは自力で魚を取ってくるのに……』

『ペットの餌代で金欠なんですか⁉　甘やかしちゃ駄目ですよ‼』

『まあ、割と真面目な話をすると、ギルドでの仕事がないから収入が減ったっていうのが原因。反鏡剣の値段って金貨三百枚くらいだっけ……最初に一枚賭けて、勝つ度に手に入れた報酬を全額突っ込んだら八、九連勝くらいで手に入るかな』

『その理論だと九連勝目で五百十二枚になりますよ』

『よし‼　キリが悪いから十連勝するまで戦おう‼　夢の億万長者に俺はなる‼』

『運営の人が聞いたら顔を青くするでしょうね』

こうしてレイトは都市に帰還し次第、闘技祭に挑むことを決めたのだった。

◆　◆　◆

狼車が冒険都市に向かっている最中、氷雨の冒険者ギルドには五人の剣士が訪れていた。彼らは各地の街に遠征していた氷雨に所属する冒険者達であり、各々《おのおの》が「剣聖」の称号を持つ腕利きの剣士でもある。

その五人の前にはマリアの姿がある。彼女が五人の剣聖を集めたのだ。

「まずは……お帰りなさいというべきかしらね。それとも、ご苦労様と言うほうがいいかしら。それぞれが無事に仕事を終えてきたようで何よりだわ」

すると五人の中の一人、椅子に腰かけていた森人族《エルフ》の青年が、マリアの言葉に反応する。

「たく、本当に苦労したぜ？　こんな年寄りをこき使うんじゃねえよお嬢ちゃん」

「シュン‼　言葉が過ぎるぞ貴様‼」

虎の耳を生やした獣人族《ビースト》の老人が、シュンと呼ばれた森人族《エルフ》の青年に怒鳴った。この青年は見かけこそ二十代だが、実年齢は百を超える熟練の剣士である。

シュンは獣人族《ビースト》の老人の注意を気にする様子もなく、机の上に足を乗せてマリアと向かい合う。

「それよりも腐敗竜の件のほうを聞きたいね、俺は……闘人《とうじん》都市にまで噂は届いているぜ。凄腕の大剣使いと王国のお転婆姫が腐敗竜の討伐を果たしたんだってな」

「……半分は事実よ。大剣使いに関しては知らないけれどね」

「うっそ、やっぱマジなのかよ⁉　あの姫様、マジで腐敗竜なんて化け物を倒したのか⁉　信じられねえな……」

シュンが興奮気味に言った。

すると、全身をフード付きの外套《がいとう》で覆《おお》い隠した少女がマリアに話しかけるそぶりを見せる。

「……？」

だが、その言葉は普通の人間には聞こえる声量ではなかった。

マリアはフードの少女を見ながら、この人物にだけはレイトの存在を知られてはならないと警戒心を抱いた。この少女の正体はアイラとマリアの実家である森人族《エルフ》の三大貴族、「ハヅキ家」の関係者だと、マリアは知っている。当事者同士の面識はないが、ハヅキ家の血筋でもあるレイトとも無関係ではない。

マリアは、自分にだけ聞こえた少女の言葉に頷く。

「本当よ。正確には聖剣を使用したナオ姫が、腐敗竜にとどめを刺した……というところね」

すると、シュンと獣人族《ビースト》の老人が驚きの声を上げた。

「聖剣⁉　伝説級の魔道具を引っ張り出して来たってか‼　あの慎重派の国王も随分と大胆なことを……」

「まさか聖剣が未だに実在したとは……俄《にわ》かには信じられぬな」

そのとき、銀髪が印象的な美少女が口を開く。一見すると剣聖と呼ばれるような存在には見えないが、その背中には斧の刃に剣の柄を組み合わせたような武器があった。

「マリア様、おうかがいしたいことがあるのですが……最近、ギルド内で噂になっている少年がいるそうですね。なんでもマリア様のご親類だとか……」

「親類？」

フードの少女が即座に反応した。

マリアは内心で苦々しく思いつつ、事前に考えていた言い訳を伝える。

「親類ではなく……私が親戚の子供のように溺愛している子よ。すごくいい子だから目をかけていたんだけど、バルが抜け駆けしたせいで黒虎に持っていかれたわ。だから氷雨とは無関係よ」

「へえ、嬢ちゃんがそこまで言うなんて、そんなに将来性が高いガキなのか？　ガロの奴が聞いたら嫉妬しそうだな」

「そうだったのですか。ですが、あまり他のギルドの人間と関わるのはギルドマスターとしてまずいかと。特に黒虎相手は……」

「大丈夫よ。あなた達がいない間に氷雨と黒虎は和解したわ。今後はお互いのギルドが協力し合うことになるわ」

「「「えっ!?　嘘ぉっ!?」」」

マリアの発言に、森人族《エルフ》の少女を除いた三人が驚愕の声を上げた。彼らはマリアとバルが犬猿《けんえん》の仲であることを知っており、それだけにあっさり和解したというマリアの言葉に信じられないといった表情をする。

「嘘じゃないわよ。もうバルのところから冒険者の引き抜きもやめているわ。別に私達の関係が昔に戻っただけよ」

「信じられねえな……あのバルちゃんが嬢ちゃんに謝ったのか？　ここに戻ってきて一番の驚きだぜ……」

「…………」

「ふははははっ!!　そうか、ついにあのバルも素直になったということか!!　それはめでたいなっ!!」

　壁際に立っていた、漆黒のフルプレートで全身を包んだ人物が大声で笑った。声音から三十代の男性だと思われるが、彼の中身を見た人間はいないので、実際のところ本当の性別は分からない。彼はギルドの創設当時から所属する古株の剣士だが、マリアでさえも彼の素顔を見たことはない。

　マリアはその甲冑の剣士に向かって言う。

「ゴウライ、呼び出しておいてこう言うのもなんだけど、あなたも戻ってくるとは予想してなかったわ。例の依頼はもう終えたの？」

「うむ!!　さすがに吾輩《わがはい》も『牙竜』の討伐にはてこずったが……奴め、三日間も逃げ続けるとさすがに疲れるらしい。色々あったが、なんとか無事に討伐を果たしたぞ!!　まあ、その最中に三つの村を壊滅させてしまって報酬は全て失ったがな!!　がはははっ!!」

「いや、笑い事じゃねえだろ!!　というか、竜種を相手に一人で挑んだのかよ!?」

シュンが目を剥いて言った。ゴウライと呼ばれた漆黒の剣士は、「牙竜」という竜の討伐に赴《おもむ》いていたのだった。

「さすがはうちのギルド最強の剣士ね」

「いやぁっ!!　それほどでもないぞ!!　あっはっはっはっはっ!!」

「「「…………」」」

マリアの何気ない一言に、ゴウライ以外の四人が眉をひそめた。

するとシュンがゴウライを睨みつけ、腰に差している「日本刀」の柄に手を伸ばして立ち上がる。

「お前が『最強』と呼ばれるのは気に入らねえな……」

「ほうっ……ここでやる気か？　吾輩は構わんぞっ!!」

「やめろ」

一触即発の雰囲気になりかけたシュンとゴウライを制止したのは、音もなく現れた氷雨に所属する凄腕の暗殺者、シノビ・カゲマルだった。

シノビが二人の間に立つと、シュンは彼を睨みつける。一方ゴウライは兜越しに頭を掻いていた。

「ちっ!!　シノビか……邪魔をするんじゃねえ、ガキがっ!!」

「断る。我が主の前での諍《いさか》いは許さん」

シュンの身体から殺気が立ち昇ったとき、マリアが静かに語りかける。

「いい加減にしなさい……私を怒らせたいのかしら？」

「分かったよ……くそっ」

シュンが渋々といった様子で引き下がり、シノビは彼女の隣に移動する。ゴウライは再び壁際に移動して背中を預けた。

「それにしてもこの面子《メンツ》が集まるということは……また何か問題事が起きたのですか？」

「新しい任務でしょうか？」

獣人族《ビースト》の老人と銀髪の美少女が尋ねる。

「その前に、あなた達の話を聞かせて。定期的に報告は届いていたけれど、直接聞きたいの」

マリアが言うと、まずゴウライが反応した。

「そういうことならば、吾輩から話をさせてもらうぞ。例の牙竜だが、やはり旧帝国《エンパイア》の奴らが関与しているのは間違いない。牙竜の巣に、卵が盗まれている痕跡が残っていた」

「そう……また性懲《しょうこ》りもなく竜種を利用して王国に対抗するつもりかしら」

旧帝国《エンパイア》は腐敗竜の一件で幹部を含む大勢の人間が死亡したが、それでも組織そのものは未だに残っている。ゴウライは王国の領地内に存在した牙竜が突如として人里を襲った事件の真相を調査していたのだった。

「シュン、あなたはどう？」

「こっちは外れだ。ミルの姉御《あねご》の足取りは結局掴めなかった……だが、王都にいる王妃の動きが怪しい」

「…………」

「うるせえっ‼　任務は失敗してねえっ‼」

シュンの隣にいたフードの少女が呆れた表情で何事かを呟き、シュンが彼女を怒鳴りつけた。

マリアは二人に昔の自分とバルの姿を重ね、無意識に笑みを浮かべながら今度は少女に問い質《ただ》す。

「ハヤテ、あなたのほうはどうだったの？」

「…………」

「……あの、聞こえましたか？」

「そう、さすがね」

「いや、ジャンヌ。吾輩の耳には何も聞こえなかったな」

ハヤテと呼ばれたフードの少女は口を開いて何事か呟いたが、やはり声量が小さすぎるので普通の人間――ゴウライとシノビ、そしてジャンヌという銀髪の少女には聞こえない。

しかし聴覚が優れている森人族《エルフ》と獣人族《ビースト》の三人は、はっきりと彼女の言葉を捉えたらしく、難しい表情を浮かべる。

「裏の奴らまで動きだしたか……面倒なことになったな」

「本格的にクーデターを起こすつもりか……これは我々も計画を早める必要があるのう」

「本部の人員だけでは戦力が足りないかもしれないわね。ああ、それと私達の計画にはナオ姫も協力してもらうわ」

「おお、腐敗竜討伐の立役者ですか。実際のところ、彼女の腕前はどうなのですか？」

マリアはどのように説明したものかと少し悩み、ひとまず誤魔化すことにした。

「まあ、その話は報告を終えてからでいいでしょう。ジャンヌ、あなたのほうはどうだったの？」

「陽光協会に異変はありません。予定通り、回復薬の輸入は終えました」

「それならいいわ。最後は……ロウガね」

「はっ!!」

ロウガと呼ばれた獣人《ビースト》族の老人は即座に自分が持ち込んだ荷物を机の上に置き、中身を取り出す。

ロウガが出したのは水色の水晶であり、それを目撃した全員が目を見開く。

「こいつは……オリハルコンじゃねえか!!　よく手に入れたなおっさん!!」

「お主のほうが年上だろうが!!　これを手に入れるのは苦労したぞ……闇取引の材料として利用されようとしていたからな」

「入手経路は掴めたのか？」

「獣人国に存在する『大迷宮』の最下層が攻略された。そこにはまだ発掘されていないオリハルコンが存在するという……だが、最下層に辿り着ける人間など限られておる。儂《わし》もこれだけ採取するのが精一杯でした」

「なるほど……よくやったわね」

マリアはこの貴重な鉱石を入手するため、半年以上も情報を集め続けていた。このオリハルコンがあれば完全な水晶札《クリスタル》の製作が可能となり、全ての準備が整う。

「マリア様、我々はどうしたらいいでしょうか？」

ジャンヌが尋ねると、マリアは全員を見回しながら答える。

「しばらくは身体を休ませておきなさい。近いうちにあなた達の力を借りる事態になるかもしれないわ……そういえば、あなた達は闘技祭のことを聞いているかしら？」

「あの悪趣味な遊戯ですかな？　まったく……魔物と人間を戦わせる娯楽などくだらん!!」

「そうか？　俺は気に入ったぜ。結構いい稼ぎになるしな」

「私はまだ訪ねていませんが……それほど有名なのですか？」

「吾輩も観てきたぞ!!　なかなかに楽しそうな場所だったな!!」

「………………」

五人が闘技祭について話しだしたのを見て、マリアは上手くレイトの話題を避けられたことに安堵し、内心で息を吐いた。そしてシノビのほうを見て、小さな声で命令を言い渡す。

「シノビ、あの子のことを任せるわ」

「はっ……マリア様はどうするのですか？」

「私が王都に向かう必要がある。しばらくの間、留守を頼むわよ」

シノビは静かに頷いた。

マリアは窓の外に目を向け、無意識に拳を握りしめる。

近い未来、間違いなく王国が崩壊しかねない事件が起きる。それを止められる人間はおらず、彼女はそのときが訪れる前にどうにか自分の姉――アイラを取り戻さなければならないのだ。

◆ ◆ ◆

レイトが深淵の森の遺跡から帰還した翌日。

彼は闘技祭に赴く前に、黒虎の冒険者ギルドに立ち寄ることにした。なお、普段の彼は退魔刀を背中に抱えて行動するが、腐敗竜の一件で大剣使いが腐敗竜の討伐を果たしたという噂が流れているので、現在は目立たないように異空間にしまってある。

通りを歩きながら、レイトは隣にいるウルに話しかける。

「お前と二人きりなのも久しぶりだな」

「ウォンッ!!」

普段はコトミンやスライム達と一緒に行動しているが、今日は朝早くからコトミンが自分の食費を浮かせるために、スライム達を連れて魚釣りならぬ「魚取り」に向かっている。彼女は新鮮な魚が好物なので、定期的に川で魚を捕まえるのだ。

ダインとゴンゾウもレイトとは別行動を取っている。彼らはレイトとは別のギルドなので、二人とも今頃は別々の依頼を受けていると考えられる。

移動中、レイトはすれ違う街の人々と挨拶を交わしていた。

「よう!! 今日も仕事かい?」

「あ、はい」

「レイトちゃん、この間はうちの子の世話をしてくれてありがとうね〜」

「いえいえ、お気になさらずに」

「あ、お兄ちゃん!! 今度またウルと遊ばせてねっ!!」

「ウォンッ!!」

彼も大分この都市に馴染んできている。

と、そのとき、レイトは見覚えのある三人組と鉢合わせした。

「あ、レイトさん!! どうもです!!」

「あっ、レイト君だっ!! 久しぶり〜」

「げっ……てめえかよ」

「あれ? 確か……モリモさん、ミナさん……それと、えっと、誰だっけ?」

「ガロだ!! 一番覚えやすい名前だろうがっ!?」

氷雨に所属する冒険者のモリモ、ミナ、そしてガロ。彼らとレイトは腐敗竜の撃退戦で戦いをともにした仲である。彼らは同じパーティで、ミナだけが女性だ。

ガロ達は仕事を終えて帰ってきたのか、血の匂いが漂《ただよ》う袋を背負っていた。解体前の魔物の死骸が入っているのだろう。鼻のいいウルは、嫌そうな顔をして距離を取る。

ミナは笑みを浮かべていたが、急に不思議そうな表情でレイトの顔を覗き込む。

「あれ、レイト君って……左目は赤色だったっけ？」

「あ、本当だ……前はそんな色じゃなかったような」

「あん？　どうしたんだ、その瞳……」

「え、いや……ちょっと寝不足で」

「いや、充血とかいうレベルじゃねえだろっ⁉」

説明すると長くなるので、レイトは話題を変えることにする。

「仕事帰りなの？」

「あ、うん。ちょっと下水道に棲み着いた魔物を退治してたんだ」

「くそ、どうして俺達がこんな下っ端みたいな仕事をやらないといけねえんだよ……」

するとモリモがガロを睨んだ。

「ガロのせいだろ、馬鹿っ‼　性懲りもなくシュンさんに喧嘩売りやがって……結局俺達まで巻き込まれちまったじゃないかっ‼」

「うっ……悪かったよ」

「シュン……？」

聞き覚えのない名前に、レイトは首を傾げる。それと同時に、ガロの右頰に最近できたばかりの刀傷が付いていることに気づいた。

「その傷どうしたの？　治そうか？」

「うるせえっ!!　てめえの世話になんかならねえよ」

「ガロ、素直に治してもらいなよ。戦闘中も頰を押さえてたじゃん。痛いんでしょ？」

「ミナの言う通りだ。すいませんがレイトさん、こいつを治してくれませんか？」

モリモがそう言って、ガロを後ろから羽交い締めにした。

「馬鹿、やめろっ!?」

「はあ……『回復強化』」

レイトはガロに近づき、右手を彼の頰に添えて回復魔法を施す。すると、傷が見る見るうちにふさがって痕もなく消え去った。

ミナが感心したように声を上げる。

「わあ～……すごい!!　今のって支援魔法だよね？　こんなに速く回復するの？」

「驚いたな……まるで治癒魔導士の回復魔法並みの速度だ」

「ちっ……余計なことをしやがって……いででっ!?」

「うん、大丈夫そうだね」

レイトはガロの頬をつねって完全に治ったことを確認した。そして別れの言葉を告げて立ち去ろうとしたが、ミナが彼の肩を掴んで引き留めた。

「あ、ちょっと待ってレイト君!!　えっと……ガロに治療してもらっておいて失礼かもしれないけど、良かったら今から少しだけ僕に付き合ってくれないかな？」

「お、おいミナ!?」

ミナの発言に、ガロが焦《あせ》りだす。

「付き合うって……どういうこと？」

レイトが首を捻ると、ミナは自分の荷物をモリモに預けて、背負っていた槍を引き抜いた。

「どうか僕と一緒に闘技祭に出てくれないかな!!　君のように強い人なら、僕も安心して背中を任せられるんだ!!」

「闘技祭？」

まさかここでその単語が出てくるとは思わず、レイトは驚いた。

すると、ガロが慌ててミナに言う。

「ちょ、ちょっと待てミナ!!　別にこいつじゃなくていいだろっ!?」

「他に魔術師の知り合いなんていないし……それにレイト君となら僕も大丈夫だと思うんだ」

「け、けどよ……」

「いや、ちょっと待って。なんの話？」

「それは俺が説明をしよう。実はですね……」

モリモがごほんと咳払いして、改まった口調で説明を始めた。

「闘技場のことは知ってますよね？　最近その闘技場で、勝ち抜きのタッグ戦が開催されるようになったんですよ。五回の試合に勝ち残ると賞品がもらえるんですが、その中にミナの奴が欲しがっている『紅魔石《こうませき》』がありまして」

「紅魔石？　何それ」

「火属性の魔法を強化する特殊な魔石です。ただ……俺とガロではミナに協力できなくて」

「……なんで？」

「大会の規則で、前衛職と後衛職の組み合わせじゃないと参加できないんですよ。俺達は二人とも前衛職なので……だけど賞品には限りがあるから、早く参加しないとなくなるかもしれなくて」

「なるほど、だから魔術師である俺の力が必要ということね」

忘れがちだがレイトの職業は「支援魔術師」と「錬金術師」なので、根っからの後衛職である。

「まあ、ミナの事情は分かったよ」

レイトがそう言うと、ガロが眉間に皺を寄せた。

「おい!!　呼び捨てすんなっ!!　お前、俺達より年下だろうがっ!!」

だが、ミナはきょとんとして言う。

「え？　別に僕は呼び捨てで構わないけど……というか、なんでガロはそんなにレイト君に食ってかかるの？　僕は彼と組んで大会に出たいんだよっ‼」

「うっ……だ、だけどよぉっ」

「諦めろガロ。俺達ではミナの力にはなれないんだよ」

ガロはばつが悪そうに顔を逸らし、モリモは彼を慰めるように肩に手を置いた。

「それにしても、紅魔石か……俺も欲しくなってきた。よし、ゴンちゃんと組んで出るか」

「あれっ⁉　僕はっ⁉」

「冗談、冗談。でも俺の魔法はあんまり期待しないほうがいいよ？」

一応そう言っておくと、ミナはとんでもないとばかりに首を振った。

「もう、謙遜《けんそん》しなくていいよ。レイト君の魔法のすごさはこの間の戦いで知ってるからね。期待してるよ‼　あ、でも闘技祭に参加する前にお風呂に入っていいかな……昼頃に闘技場の受付口で待ち合わせでいい？」

「分かった。じゃあ、すぐにゴンちゃんを探し出さないと……（ぼそっ）」

「ちょっと⁉　僕と行ってくれるんだよね⁉」

「ああ、急にお腹の調子が……（棒読み）」

「いや、騙《だま》されないからね‼　絶対に一緒に出ようね⁉」

ミナをからかいつつ、レイトは詳しい待ち合わせの時刻を決めて彼女達と別れる。結局、レイトは冒険者ギルドには行かず、準備のために自分の家に戻ることにした。

◆
◆
◆

ミナ達と別れた数時間後。レイトは冒険都市の北側に存在する、コロッセウムのような建物の前にやってきていた。この建物が闘技場である。建設されたのは最近ということだが、大勢の観光客で賑《にぎ》わっていた。また、中には冒険者と思われる人間も数多くいる。

待ち合わせ場所である闘技場の受付口に行くと、ミナが彼に気づいて手招きした。

「あ、いたいた!! よかった〜……ちゃんと来てくれたんだね」

「お待たせミィちゃん」

「み、ミィッ……？　そういう風に呼ばれたのは初めてだよ」

「昔、婆ちゃんが飼っていた猫と顔が似ているから、そう呼ばせてもらうよ」

「ええっ……」

受付口は混雑しており、列の先頭では漆黒の甲冑《かっちゅう》に身を包んだ人物が何やら揉めていた。

「なにぃっ!?　一日に一度しか参加できないのか!?」

「勘弁してくださいよ旦那……あんたが暴れ回ったせいで試合場が酷いことになったんですよ。修理代は要求しませんから、今日のところは帰ってください!!」

「ううむ……吾輩としたことが、少し暴れすぎたか」

「何か、すごい人がいるね……」

「えっ⁉　う、うん……そうだね」

レイトが甲冑の人物を見ながらミナに話しかけると、彼女はなぜか複雑そうな表情を浮かべた。

そして、そそくさとレイトの手を引いて別の受付口に向かう。

「あ、あっちがちょうど空いたよ。ほら、あそこで受付を済ませようか」

「ああ、うん……あ、でも参加料は……」

「大丈夫、ここは僕が支払うよ。二人試合《タッグバトル》の参加料は銀貨五枚だけだし」

「あれ？　参加料って自由なんじゃないの？」

「それは一人試合《シングル》の場合だね。他にも色々とルールが違っていて、たとえば一人試合《シングル》はいくら勝ち抜いても賞品は出ないよ。あと、一人試合《シングル》は自分の武器の持ち込みが許可されてるけど、二人試合《タッグバトル》は指定された武器以外は使えない。あ、魔術師は魔石の持ち込みだけはできるね」

「え、マジで？」

てっきり自分の武器を使うものだと思い込んでいたレイトはミナの言葉に驚いた。だが、「氷装剣」を使用すれば武器をいくらでも作り出せるかと思い直す。

レイト達は受付口の前に立ち、ミナが受付係の女性に話しかける。

「すいません‼　僕と彼が二人試合《タッグバトル》に参加します‼」

「では、こちらの用紙に名前を記入してください。参加料は銀貨五枚になります」

受付係のそっけない態度にミナは眉をひそめたが、後ろから次々と参加希望の人間が押し寄せてきたので仕方なく記入していく。

「えっと、これでいいですか？」

「……問題ありません。参加は初めてですか？」

「あ、はい」

「では二人試合《タッグバトル》に関する規則を説明します。まず、武器の持ち込みは禁止されていますので、試合に出場する選手は必ず闘技場で用意された武器を使用してください。ただし魔術師の方は、個数に制限はありますが魔石の持ち込みは許可されています」

ここまでの説明は、レイトがミナから聞いた内容と同じだった。

女性はさらに説明を続ける。

「次に、試合で怪我をした場合や死亡した場合、我が『闘技会』は責任を一切負いません。ただし、闘技場には治療院から派遣された治癒魔導士を配備しています。有料にはなりますが、怪我の治療や回復薬の販売もしていますので、万が一の際はご活用ください。ここまではよろしいですか？」

「はい」

闘技会という新しい単語が出てきたが、この闘技場を経営する組織の名前だろうとレイトは当たりを付けた。

続けて、女性は試合の内容について話す。

「それでは、試合の形式を説明します。選手の方には、闘技会が用意した魔物と五連戦していただきます。魔物の種類と数はお教えできませんが、ゴブリンのような危険度が低い魔物は複数体、逆にオーガのような危険度が高い魔物は単体で出現するとお考えください」

「試合を五回勝ち抜けばいいってことですよね？」

レイトが尋ねると、彼女は首を横に振った。

「少々違います。選手の皆さんが受ける試合は一度限り、そして制限時間は十五分です」

「え？　ということは……」

「十五分の中で五回分の試合を行っていただきます。一定の時間が経過するごとに魔物を逐次《ちくじ》投入しますので、選手の皆さんは全ての魔物を倒すか、あるいは十五分間生き延びれば勝利と認められます」

「ええっ……」

レイトは冷や汗を流したが、ミナは事前に知っていたのか特に反応しない。なぜそんなことになったのかと聞くと、あまりにも大勢の参加者がいるので試合時間の間隔を短くしていった結果、今のような内容に変化してしまったという。

「試合開始後は、魔物が残っていようがいなかろうが二分の間隔で新たな魔物を投入していきます。逆に言えば、二分以内に魔物の討伐を果たせば多少は休憩することができます」

「そりゃそうでしょ……」

「なお、原則として試合放棄は認められていますが、おすすめはしません。この闘技場には大勢の観客が訪れており、その中には有力な貴族や冒険者ギルドの関係者もいますから」

暗に受付嬢から「惨めな試合を行えば冒険者としての評価が下がるぞ」と脅されたレイトとミナはゴクッと唾《つば》を呑み込んだ。

最後に彼女は水晶玉を取り出し、二人の前に差し出す。

「それでは最後に職業の確認をさせてもらいます。こちらの水晶玉に掌をかざしてください」

「え？　占い？」

「違います。こちらは触れた人物の職業を調べることができる魔道具です」

「なるほど」

「じゃあ、僕から行くね」

ミナが先に水晶玉に掌を触れると、表面に文字が表示された。

受付係の女性はそれを見て、先ほど受け取った彼女の用紙に羽ペンを走らせる。確認した職業を書き込んでいるようだ。

続いてレイトが掌をかざす番が訪れた。

「こうでいいのかな……」

「問題ありません。職業は……これは？」

水晶玉に表示された文字を見て受付嬢は眉をひそめ、続いて小馬鹿にしたような態度でレイトに視線を向け、鼻で笑った。その態度にレイトは、自分の職業が久し振りに不遇職だと馬鹿にされたことに気づく。

「失礼ですが、本気で試合に挑む気ですか？　まあ、すでに参加料金は受け取っていますので私が止める権利はありませんが……」

「ふ～んっ……ちなみにここにいる魔物だと、一番強いのは何？」

「強い……ですか？　そうですね、私の知る限りではミノタウロスでしょうか」

「ほほう」

ミノタウロスと聞いてもまったく物怖《ものお》じしないレイトに、受付係の女性は訝しげな表情を浮かべる。レイトとしては、森の主以外のミノタウロスを知らないので、できれば試合の相手として現れてほしいと思っていた。

「もう一度だけお尋ねします。本当に試合に出場しますか？」

「大丈夫です」

「問題ないです」

「……分かりました。では、選手控え室に案内します」

その言葉が合図だったかのように、傍にいた兵士が口を開いた。

「こちらへどうぞ」

兵士が歩きだしたので、レイトとミナはあとに続く。

やってきたのは、地下の一室だった。

「選手の皆様はこちらで時間まで待機してもらいます。なお、男女別ではないので着替えなどの際は別室の更衣室を利用してください。それと武器の類は我々に預けてもらう決まりですが、収納石をお持ちの方は異空間にしまっていただいても構いません。ただし、試合中に収納石を使用して武器や他の道具を取り出した場合は失格となります」

収納石とは、レイトが使う収納魔法と同じ効果を発揮する石である。

「収納石の使用はできない……となると、収納魔法は？」

「……収納魔法？」

レイトの質問に兵士は呆気に取られた表情を浮かべた。

この世界において収納魔法を使えるのは不遇職である「支援魔術師」の人間だけだ。

彼はレイトの職業を知ったことで、小馬鹿にしたような態度で返答する。

「……収納魔法を使える方は試合に参加したことは無いのでなんとも言えませんが、おそらくは収納石と同様に使用は禁じられるでしょう。異空間から物体を取り出した時点で失格となります」

「なるほど……あくまでも異空間から何かを取り出した場合は失格ということですね？」

「ええ、まあ……おそらくですが」

「分かりました。ありがとうございます」

兵士の言質《げんち》を取ったレイトは、内心でほくそ笑む。

一方、ミナは緊張した面持ちで自分の槍を握りしめていた。

「あ、あの……僕の槍はレイト君の収納魔法で預かってもらってもいいですか？」

「構いませんが……本当に彼と参加するのですか？　この方は支援魔術師の職業でしょう？」

困惑気味に言う兵士を、レイトが軽く睨みつける。

「支援魔術師だと何か問題があるの？　規則に違反しているとでも？」

「い、いえ……失礼しました」

すると、兵士は急に血相を変えてレイトから視線を逸らした。レイトとしては別にそれほど怖い表情を浮かべた覚えはないので、態度の変化を意外に思った。

兵士は怯えた様子のまま、控え室の扉を示す。

「そ、それでは中にお入りください。すでに他の選手の方が待機していらっしゃるので、どうかお気をつけて……試合前の選手同士の諍いもよくあるのでご注意ください」

「どうも」

「ううっ……緊張してきた」

控え室に入った二人は最初に室内の広さに驚く。座って待機する用の椅子だけでなく、壁際には鍛錬のための器具や試合用の武器も並べられていた。さらには売店で回復薬といった道具を販売する兵士や、治癒魔導士と思われる白色のローブをまとった中年の女性の姿もある。

レイトとミナは、とりあえず無数に設置されているベンチに座った。中には十数人の選手が待機しており、全員が二人試合《タッグバトル》に挑むのか二人一組で行動していた。試合の開始時刻を迎えると兵士が呼び出しに来るそうなので、それまでの間はここで気持ちを整えるしかない。

「よ、よ～しっ……頑張ろうねレイト君!!」

「ああ……うん、そうだね」

緊張気味のミナに対して、レイトはいつも通りである。彼は手持ち無沙汰《ぶさた》だったので、試合開始の時刻が訪れるまで控え室を調べて回ることにした。

精神を集中させている他の選手達を邪魔しないよう、彼は静かに売店へ近づく。

「ここは何を売ってるんですか？」

「いらっしゃい、ここでは試合での使用を許された魔道具を販売しているよ。回復薬もあるけど、通常よりも効果は薄めにしてあるから気をつけたほうがいいね」

レイトは並べられた商品を見て、眉をひそめる。どの魔道具も出来が悪く、まるで不良品のようである。回復薬を「観察眼」で調べると、兵士の言葉通り明らかに水で薄められており、これでは十分な回復効果は望めない。

続いて、レイトはローブの女性に話しかけた。

「そちらのお姉さんは？」

「おや、お姉さんなんて嬉しいことを言ってくれるね。私はただの治癒魔導士さ。試合前に怪我の治療を望む人間が訪れたら、有料で引き受けているよ」

　すると、兵士がレイトに言う。

「この人、いつも俺の隣で商売してるんだよ。治療院に所属していないからこうやってここで小銭を稼いで生活しているのさ」

「え、正規に雇われた人じゃないんですか？」

「そういうことさね。あんたも怪我をしたら格安で治療してやるよ」

　レイトは頭を下げてその場を辞し、続いて壁際に並べられている武器を調べることにした。

「ミナも来なよ、試合前に武器を選んでおかないと……」

「そ、そうだね……どれがいいのかな」

　レイトの言葉にミナが慌てて立ち上がり、二人で無数の武器の確認をしていく。傍には羊皮紙を抱えた兵士が控えており、二人に気づいて近寄ってきた。

「試合が始めての方ですね？　武器の貸し出しについての説明をしましょうか？」

「あ、お願いします」

「では、こちらをご覧ください。これらの武器が無料で貸し出せる武器です」

　兵士が壁の隅に立てかけられている武具と防具を指差した。

　一言で言えば、どれもが粗悪品だった。折れ曲がった刀身の剣、柄の部分に罅割れが生じている槍などなど。だが、これらの武器はまだまともなほうであり、酷いものだと折れた状態で放置された剣の柄まで存在した。

「……これで戦えって言われても無理なんけど」

「こちらの武器は、参加料だけを支払った選手の方々が使用を許された武器になります。ですが、別料金を支払えば品質のいい武器を提供できますよ」

「それはどこにあるんですか？」

「こちらへどうぞ」

兵士は控え室の隅にあった扉を指さし、二人を中に案内する。

扉は武器庫らしき場所に繋がっており、先ほどより高品質な武器と防具が大量に並べられていた。

「これは……さっきのと随分と差があるな」

「そ、そうだね……」

ぱっと見ただけでも一級品の代物ばかりであり、下手をしたら地上で販売されている武器や防具よりも品揃えがいい。

「こちらの部屋の品物は全て小髭族《ドワーフ》が作製した武器、防具です。ミスリル、ヒヒイロカネの武器も豊富に存在しますよ」

「ヒヒイロカネ……？」

レイトが首を傾げたとき、アイリスの声が聞こえてきた。

『ミスリルよりも高性能な魔法金属ですよ。こちらの世界では、虹色に光り輝く鉱石から採取されます。ミスリルよりも強度は若干劣るものの、魔法耐性が高いです。この間回収した道具の中にも、ヒヒイロカネ製のものがあると説明したでしょう』

「ああ、ゴンちゃんに渡したやつか……」

レイトは虹色に光り輝く長剣を発見したので、試しに持ち上げてみると意外なほど軽かった。

隣ではミナがミスリル製の槍を手に取り、具合を確かめるように軽く振り回す。

「う～んっ……やっぱり、自分の槍じゃないと違和感があるなぁ……でも、この槍だったらとりあえずは問題なさそう」

すると、兵士が二人に言う。

「試合でここにある武器を使用する場合、武器に刻まれている料金を試合後に払うという形になりますがよろしいですか？」

「え、直接値段を刻んでるの⁉」

「あ、本当だ⁉」

レイトが手にしたヒヒイロカネの長剣には「銀貨三枚」、ミナの持つミスリルの槍には「銀貨五枚」と刻まれている。性能が高ければ高いほど、値段もつり上がっていくシステムであるようだ。

「ちなみに武器や防具を破損させた場合、修理費用も請求させてもらいます」

「どんだけお金を取るんだ……ところで、控え室の武器も壊したら修理費用を払わないといけないの？」

「いえ、あちらは破損させても修理費は請求しません。もっとも、大抵の冒険者の方はこちらの部屋の商品を利用していますが……」

「完全に商品って言っちゃったよこの人……」

「でも、本当に品物はいいんだよなぁっ……」

レイトはやや呆れてしまうが、ミナは意を決したように頷き、ミスリルの槍を握りしめて兵士に声をかける。

「うん、決めた!! 僕はこの武器を選ぶよ!!」

「分かりました。では、こちらに商品の番号と名前の記入をお願いします。番号は値段の脇に刻んでありますよ」

「商品番号まであるのか……」

ミナは兵士が差し出した羊皮紙にサラサラとサインする。

そして二人の視線がレイトに向けられたが、彼は手にしたヒヒイロカネの長剣を元の場所に戻し、黙って首を横に振った。

「俺はいいや……お金もあんまりないし、大人しく後ろから援護するよ」

「援護……？ 失礼ですが魔術師の方は杖の持参は認められていますが、あなたは何もお持ちではないのですか？」

「これって使える？」

レイトは収納魔法を発動し、魔法の効果を高めてくれる魔道具、魔法腕輪《マジックリング》を取り出した。深淵の森から帰還したあと、マリアからの贈り物として家に届いていたのだ。

それを見せると、兵士は驚きの表情を浮かべる。

「な、なるほど……確かに魔法腕輪《マジックリング》の使用も許可されています。ですが、試合の途中で装着する魔石を交換するのは認められませんのでお気をつけください」

「まあ、二つしか付けてないから別に関係ないかな」

魔法腕輪《マジックリング》に取り付けているのは、コトミンから受け取った「水晶石」と樹精霊《ドライアド》から受け取った「樹石」の二つ。それぞれ水属性と土属性を強化する貴重な魔石だが、普通の魔石のように単発の魔法を強化する効果はない。

武器庫から控え室に戻ったレイトとミナは再びベンチに座り、自分達の番が呼ばれるまで待機する。レイト達が武器の選択をしている間にも試合は進んでいるらしく、ひっきりなしに人が出入りしていた。

「よし、装備は整えたし……あとは出番が来るまでどうしようか。あ、そうだ!!　戦闘のときに頼ることもあるだろうし、今のうちにレイト君の得意魔法や特技を教えてほしいな」

「俺の特技はスライム弄《いじ》りと散歩かな」

「えっと、それは特技と言えるのかな……？」

「冗談は置いといて……得意と言っても、俺は支援魔術師だから補助系の魔法しか使えないよ。あとは初級魔法くらい？」

「えっ⁉　でも、この間はすごい魔法を使ってたよねっ⁉」

ミナの言う「すごい魔法」とは、都市の防壁での戦いでレイトが使用した初級魔法の応用のことである。

彼はミナに対し、どのように説明するのか悩む。初級魔法の熟練度を限界まで高めたことや、複数の属性を組み合わせる「合成魔術」を利用していたことを話せば、彼女は納得するだろう。

しかし、レイトはアイリスから迂闊に自分の能力を明かしてはならないと忠告されている。信頼できる仲間ならばともかく、あまり親交がない人間に簡単に自分の手の内を明かすような真似はするなと言われているのだ。

『レイトさんの扱う魔法が初級魔法だと気づかれたら、きっと真似をする人間が出てくるのは間違いありません。だから無暗に自分の戦法を人に話すような真似はしてはめっ、ですよ‼』

『分かった（当時八才）』

こんなやり取りをしたことは今でも鮮明に思い出せる。

アイリスの助言は正しいと理解しているレイトだが、それでも一緒に戦う以上、ミナにはある程度の自分の能力を明かすべきだろう。

そう考えたレイトは、知られても問題ない程度の情報だけを話すことにした。

「えっと……俺の扱える魔法は『回復強化』『身体強化』『魔力強化』だけど……一応、全部の熟練度を限界まで高めてるよ。あとは収納魔法と初級魔法くらいかな……」

「え、すごいっ‼　熟練度を上げ切ったのっ⁉」

「まあ、俺は魔術師系の職業だから魔法の熟練度が上がりやすいんだ。あとは錬金術師の能力もいくつか使えるよ」

レイトの言葉に、ミナは怪訝な表情を浮かべた。

「えっ……錬金術師って、あのよく分からない魔法を使う……？」

「表出ろやっ‼　その服をビキニアーマーに変換するぞ‼」

「ひぅっ⁉　ご、ごめんねっ‼　気を悪くしたのなら謝るからビキニアーマーは許して‼」

突然の剣幕に、ミナは平謝りした。

だが、内心でミナは驚きを隠せずにいた。彼女はレイトの剣の技量を目にしたことがあるため、勝手に「剣士」や「騎士」の職業も持っていると思い込んでいたのだ。だが、実際のレイトの持つ職業はどちらも不遇職である。彼の強さは幼少の頃から身体を鍛え、アイリスの助言を受けて大量のスキルを覚えたからであり、もしも何もせずに普通の人生を送っていたら十歳の誕生日を迎える前にアリアに殺されていただろう。

レイトは気を取り直してミナに言う。

「まあ、それはともかく俺は後方支援に徹するよ。ピンチになったら助けるから頑張ってね」

「う、うん……まあ、普通の魔術師の職業の人はそれが当たり前だよね」

「おいおい、さっきから聞いてりゃ随分と頼りなさそうな奴を相棒にしたんだな、嬢ちゃん」

そのとき、二人の隣のベンチに寝そべっていた獣人族《ビースト》の中年男性が起き上がり、葉巻を取り出しながらミナに話しかけてきた。

レイトは葉巻を見たあと、壁際に貼り出されている紙に目を向ける。貼り紙には「禁煙」という文字が書いてあった。

「嬢ちゃん、悪いことは言わねえから今からでも棄権しな。聞き耳を立てるつもりはなかったが、そいつは不遇職の人間なんだろう？」

「えっと……」

「いいか、ここの先輩として一つだけ教えてやる。相棒は自分よりも強くて頼りになる奴を選びな。二人試合《タッグバトル》で大切なのはチームワークなんかじゃねえ、本当に強い奴だけが生き残るんだよ。そんなガキに嬢ちゃんは自分の背中を預けられるのか？」

「話の途中で悪いけどおっさん、ここは禁煙みたいだよ」

上から目線で語りかけてきた男性に、レイトは壁紙を指さしながら注意した。

男性は不機嫌そうにレイトを睨みつけ、彼の言葉を無視してマッチで火を点《つ》けようとする。

「ガキが大人の会話を邪魔するんじゃねえっ……ちっ、威勢だけはいい小僧だな」

「それなら俺からも忠告させてもらうよ。一流の冒険者は身体を大事にするために葉巻や煙草《たばこ》なんて吸わない……どっかのギルドマスターの受け売りだけどね」

「ちょっ……レイト君？」

「ああっ!?　俺に説教する気かガキがっ!!」

獣人《ビースト》族の男性が立ち上がろうとしたとき、ある異変に気づく。手に持っていたはずの葉巻がなくなっていたのだ。

不審に思って周囲を見回すと、彼はレイトが自分の葉巻を握りしめているのを見つけた。

「葉巻は身体に悪いよ、おじさん」

「お、お前……いつの間に？」

「さっき、あんたが話している最中にちょろっとね」

「嘘っ……!?」

レイトの真横にいたミナでさえも、彼が葉巻をどうやって奪ったのか一切分からなかった。

アリア仕込みの「暗殺者」の技能を見せつけたレイトは、葉巻を獣人《ビースト》族の男性に投げ返して笑みを浮かべる。

「俺、普通のガキじゃないよ。で、どうする？　喧嘩するなら……」

「……は、ははっ……どうやら俺の目が曇《くも》っていたようだな、悪かったよ」

自分の半分にも満たない年齢の少年に見つめられた男性は乾いた笑い声を上げ、そそくさとその場を立ち去った。

ミナはレイトに、どうやってあの男性から葉巻を盗み出したのか聞き出そうとしたが、その前に控え室に兵士が入ってきて大声で呼びかける。

「二十八番!!　レイト選手とミナ選手の出番です!!」

「あ、はい!!」

「意外と早かったな……準備できてます」

レイトとミナが立ち上がり、案内役の兵士の前に移動した。

兵士はレイト達の番号を確認し、即座に控え室を退室して通路を早足で移動する。彼らも兵士のあとに続いた。

二人は木製の巨大な扉の前に案内される。

「間もなく試合が始まります。門が開かれたらすぐに進んでください。準備はよろしいですね？」

「はい!!」

「大丈夫です」

「……ご武運を」

ミナはミスリルの槍を握りしめ、レイトは魔法腕輪《マジックリング》を装着する。それを確認すると、兵士は最後に一礼してその場を立ち去った。

レイトは軽く準備体操を行い、気を引き締め直すために頰を両手で叩いた。

「よし……おいら、わくわくすっぞ」

「あれっ!?　その台詞はなんとなくまずい気がするんだけど……が、頑張ろうね」

やがてゆっくりと門が外側から開かれ、二人の視界に砂の地面の広場が映し出される。試合場は広い円形であり、レイトは幼い頃に行ったプロ野球のドームを思い出した。試合場の周囲にはおよそ一万人は入れるほどの観客席があり、すでに数千人の観客が座っていた。

するると、試合場全体に女性の声が響く。

『続きまして……昼の部、第三試合目を行います!! 今回の挑戦者は一体何分耐えられるのか!! では、挑戦者の入場です!!』

「早くしろっ!!」

「出てきて早々にやられるんじゃないぞっ!!」

「俺は五分持ちこたえるに賭けてんだっ!! せいぜい生き残れよっ!!」

観客席から荒っぽい声援が二人の耳に届く。

レイト達が試合場に移動すると、入ってきた門の扉がゆっくりと閉じられた。試合場には東西南北に四つの門があるようで、レイトとミナが出てきたのは南門だった。観客席の最前列には実況席が用意されており、兎型の獣人族《ビースト》の少女がマイクのような魔道具を握りしめながら声を張り上げていた。

『おおっと!! 今回の挑戦者は男女のペアです!! しかもまだ二人とも十代半ばですよ!! おや、片方は氷雨に所属している冒険者ではないでしょうか? 男の子もどこかで見たことがあるような……おっと、試合開始十秒前です!!』

ミナは実況席の少女が自分を知っていたことに驚くが、レイトはすでに東側の門に目を向けていた。彼の「気配感知」の技能スキルが、そちらに反応していたのだ。

『それでは……試合、開始ぃいいっ‼』

――ギィイイイイッ‼

実況席の少女の声を合図に東門が開け放たれ、ゴブリンの群れが出現する。数は二十体であり、それぞれが革の鎧と鉄製の槍を握りしめていた。その光景を見たレイトは、旧帝国《エンパイア》が管理していた「武装ゴブリン」のことを思い出し、目つきを鋭くする。

「ギィイッ‼」

「ギギィッ‼」

「レイト君は下がってて‼　ここは僕が……あっ⁉」

「ギギギッ‼」

ミナが走りだしてゴブリンの群れに突進するが、彼らは左右に分かれて彼女の横を通り過ぎ、武器を所持していないレイトに真っ先に狙いを定める。そちらのほうが倒しやすいと判断したのだ。

ゴブリンは知能が高い魔物であり、人間のように武器を使う知性も存在する。しかし、危険を察知する能力には恵まれていなかった。

「せいっ」

「ギャアッ⁉」

「ギィイッ⁉」

力の抜ける掛け声とともにレイトが拳を突き出した瞬間、先頭を走っていたゴブリンが吹き飛んだ。その光景に大多数の個体は呆気に取られて立ち止まってしまう。

「うん……ゴブリンくらいだったら身体強化を使うまでもないな」

「ギィイッ!!」

「おっと」

背後から近づいてきたゴブリンの攻撃を回避したレイトは、最初に殴り飛ばした個体が落とした槍が地面に落ちていることに気づいて拾い上げる。

「槍か……使った事はあんまりないけど、『刺突』!!」

「グギィッ!?」

戦人形《バトルゴーレム》との戦闘で覚えた戦技を発動し、レイトは最も近くにいたゴブリンの背中に槍を突き刺した。

それを見たミナが目を丸くする。

「す、すごい!! レイト君は槍も使えたのっ!?」

「いや、そういうわけじゃないけど……あ、折れちゃった」

「ギギィッ……!?」

安物だったのか、革の鎧ごとゴブリンを貫通した槍は柄の部分から折れてしまった。

レイトは仕方なく槍を手放して拳を構えたが、周囲のゴブリン達は力の差を感じたらしく、迂闊に近づこうとはしない。

『おおっと⁉　これはどういうことでしょうか‼　魔術師だと思われた少年がゴブリンを突き殺しました⁉　彼も前衛職なのでしょうか？』

「お、おい‼　聞いてねえぞっ‼　前衛職が二人で参加してもいいのかよ⁉」

「金返せ畜生《ちくしょう》っ‼」

「いいぞっ‼　最後まで生き残れっ‼」

観客席の人間の中には選手がどの程度まで生き延びられるのか賭けている者も多く、レイトの活躍を喜ぶ者、逆に嘆く者もいた。

ミナは賭けの対象とされることにいい気分はしなかったが、ゴブリンを倒すために槍を振り回す。

「『回転』‼」

「ギャアッ⁉」

「ギィイッ⁉」

「おおっ……」

さすがに氷雨の中でも有力な冒険者なだけあり、ゴブリン達は次々と薙ぎ倒されていった。

続けてミナは戦技を発動する。

「『乱れ突き』‼」

「ギャアアッ⁉」

ミナの槍が五体のゴブリンの頭部を的確に貫く。

二人はその後も危なげなく戦闘を続け、ついには全てのゴブリンの討伐を果たした。

観客が沸き立ち、即座に実況席の少女の声が試合場全体に響く。

『すごい!! こんな短時間でゴブリンの撃破に成功しましたっ!! これは今日の挑戦者の中でも最短記録かもしれません!! しかし、そろそろ試合が開始されてから二分が経過します。つまり、次の魔物が解放されます!!』

その言葉に反応するかのように今度は北側の門が開かれ、コボルトの群れが出現した。

「ガアアアアッ!!」

「コボルトか……いや、なんだあいつらの腕?」

「鍵爪《かぎづめ》……?」

試合場に出現したコボルトの数は八匹であり、全員が両腕に鋼鉄製の鍵爪を装備していた。

コボルト達は本能のままにレイトとミナに向けて飛びかかる。

「ガアアッ!!」

「ウォンッ!!」

「わわっ!?」

「おっとと……ひとまず退避!!」

剣士の「回避」の技能スキルを発動し、レイトは飛びかかってくるコボルトを次々とかわした。

ミナは槍を振り回して牽制するが、コボルトの勢いは止まらない。

「くっ……レイト君、ごめんっ‼　前衛職の僕が守らないといけないのに……‼」

「気にしないでいいよ。守られるのは……性に合わないっ‼」

「ガフゥッ⁉」

回避と同時にコボルトの腹部に拳を突き出した瞬間、レイトの視界に新しい技能スキルが表示される。


〈技能スキル「反撃」を習得しました〉


この状況下で新しいスキルを覚えたことに驚くが、素手で戦闘をしたのが影響したのかもしれない、とレイトは考えた。

「効果は……なるほど、カウンターに成功すると攻撃力が上がるのか。こいつはいいな‼」

「ギャンッ⁉」


〈戦技「肘打ち」を習得しました〉

「あれ、意外と格闘家の才能あるのかな俺⁉」

後方にいたコボルトの顔面に肘を食らわせた瞬間、レイトは新しい戦技を覚えた。

レイトはやや困惑しながらも、試しにゴンゾウが使用していた足技を思い出して同じ動きをする。

「それなら……これはどうだ⁉」

「ギャウンッ⁉」


〈戦技「蹴撃」を習得しました〉


すると、やはりまたあっさりと習得してしまう。自分の意外な才能に驚きながらも、レイトはコボルトと肉弾戦をする。

「『拳打』‼」

「ガフッ⁉」

「『弾撃』‼」

「ギャンッ⁉」

「頭突き‼」

「ウォンッ⁉」

「「「おおおおっ⁉」」」

最後は戦技ではないが、次々とコボルトを素手で叩きのめすレイトの姿に観客は圧倒され、歓声を上げる。

だが、慣れない戦い方を続けたことで段々レイトの身体に負担がかかってきた。

それを見逃さず、ミナはレイトの近くにいたコボルトを槍で遠くに追いやる。

「レイト君‼　無理は駄目だよっ‼　ここは僕に任せてっ‼」

「分かった……いてて、さすがに調子に乗り過ぎたか」

レイトはミナの背後に避難し、「回復強化」で痛めた身体を回復させた。

そこからは、ミナの独壇場だった。彼女は危なげなくコボルトを倒していく。

「ウガァッ‼」

「ギャウッ⁉」

「ていっ‼」

最後のコボルトの胸をミナの槍が貫き、とどめを刺す。

だが、時間をかけすぎたせいですでに次の魔物が解き放たれようとしていた。

『おおっと‼　ここで二分が経過‼　休憩を挟む暇もなく、次の魔物が解放されます‼』

「「「「プギィイイイッ‼」」」」

コボルトの次に現れたのは五体のオークであった。先ほどの魔物達と違って武具は装備していないが、通常の個体よりも若干大きく、毛がところどころ赤色になっていた。

それを確認したミナはレイトに注意する。

「あれは……多分、別地方のオークだよ。気をつけてっ‼　私達の知っているオークと同じ戦い方をするとは限らないから‼」

「なるほど」

レイトは警戒心を抱き、本格的に魔法を使用する準備をする。「氷塊」の魔法で適当な武器を作り出そうかと考えていたとき、オーク達が唐突に跳躍した。

「「「プギィイイイッ‼」」」

「えっ⁉」

「おおっ⁉」

オークは基本的に鈍重な魔物のはずだが、試合場に現れた個体は五、六メートルほど飛び上がり、両足を突き出して落下してきた。

慌ててレイトとミナが左右に散って回避すると、砂地の地面に勢い良く着地し、続いてもう一度跳躍する。

「プギィッ‼」

「うわっ⁉」

オークが飛び蹴りを放ってきた。

レイトは咄嗟に左手を構え、防御型の戦技を発動する。

「『回し受け』っ‼」

「プギャッ⁉」

飛び込んできたオークを左腕だけで受け流し、巨体が地面に倒れ込む。

レイトは再び構え直し、オークに向けて掌を突き出した。

「『衝風』‼」

「プギャアッ⁉」

「プギィッ⁉」

掌に「風圧」の魔法を発動させ、相手の肉体を吹き飛ばす。格闘家の「発勁《はっけい》」という戦技と酷似した、レイトだけが扱える戦技であり、攻撃だけでなく防御用にも使える。

「プギィイイッ‼」

「『衝風』」

「プギャッ⁉」

オークが突き出した右手をレイトは逆に弾《はじ》き返し、さらに相手の肉体を吹き飛ばす。先ほど「反撃」の技能スキルを覚えた効果なのか、通常時よりも威力が高い。

「こいつは便利だな……おっと、『撃雷』‼」

「ブフゥッ⁉」

レイトは右腕に電流を帯びた竜巻をまとうと、後方から近づいてきたオークの腹部にパンチを叩き込んで反対側の壁まで吹き飛ばす。殴りつけられたオークは電流を全身に浴びて完全に絶命した。

レイトは続けて別の個体に近づき、拳を握り締める。

「『弾撃』!!」

「プギャアアアッ!?」

地面を両足で踏みしめ、足の裏から足首、膝、股関節、腹部、胸、肩、肘、腕の順番に身体を回転させ、勢い良くパンチを撃ち込んだ。レイトが使える打撃系の戦技の中では最高の威力を誇るが、普段は剣で戦うことが多いので滅多に使用する機会はない。

「お、おいっ!? あいつ、本当に魔術師なのか!?」

「格闘家じゃねえのか!?」

「だけど、あんな戦技見たこともないぞっ!!」

レイトの戦闘スタイルを見た観客達に動揺が走った。

彼は魔術師らしくないという言葉に眉をひそめ、あまりに魔法を使わないでいると本当に魔術師なのか疑われると判断し、魔法を使用することにする。

「『氷刃弾《アイスエッジ》』!!」

『おおっ!?』

レイトの周囲に複数の氷の短剣が生み出され、その光景に観客は驚愕の声を上げ、見たこともない魔法に魅入《みい》った。

レイトは氷の短剣を、ミナを囲んでいた三体のオークに解き放つ。

「ミナ‼　後ろに飛んでっ‼」

「わ、分かった‼」

「どっせい‼」

「プギィッ⁉」

ミナが後方に飛ぶと同時に、氷の刃が次々と放たれた。

オーク達が危険に気づき、慌てて自分達も上空に跳躍して回避しようとする。しかし、それが仇《あだ》となった。「氷刃弾《アイスエッジ》」はレイトの意志で自由に軌道を操作することが可能なのだ。

「逃がすかよっ‼」

「プギャアアアッ⁉」

レイトは短剣の軌道を変更して、空中で逃げ場のないオーク達に突き刺す。

オーク達は氷の刃に身体を貫かれ、無残な姿で地面に落下した。その光景に観衆の何人かは顔を逸らすが、大部分の血を求める観客には興奮したように声を上げる。

「いいぞっ‼　やっちまえっ‼」

「こうなったら最後まで生き残っちまえっ‼」

「くそったれ‼　オークの馬鹿どもがっ‼　大損しちまったじゃぇねえかっ‼」

レイトは最初に吹き飛ばしたオークを見る。この個体が最後の生き残りであり、仲間が倒されても戦意を失ってはいない。

オークは最初に攻撃を仕掛けたときのように跳躍した。

「プギィイイッ……!!」

「あ、まずいっ!! また落ちて……レイト君？」

ミナがレイトに注意しようとしたのだが、彼の姿はどこにもなかった。

そして上空に跳躍したオークもまた、地上に彼の姿が見えないことを訝しむ。

「プギィッ……!?」

「『跳躍』は……俺の十八番《おはこ》だ!!」

「ッ……!?」

レイトは、オークよりもさらに上に跳び上がっていた。

「『撃雷』!!」

レイトは右腕を構え、紅色の魔力と電流を迸らせた拳を叩き込む。

「プギャアアアッ……!?」

オークの断末魔の悲鳴と、地上に叩き落とされた轟音が試合場に響き渡り、観客席の誰もが耳を押さえた。

レイトが着地すると、ミナが慌てて駆けつけてくる。

「い、今……何したの!? あんな戦技、見たことも聞いたこともないよ!?」

「それを説明する暇もなさそう」

レイトは静かに言った。今度は西側の門が開かれようとしていたのである。

その直後、実況席の少女の声が響き渡る。

『こ、これはすごい!! ついに第四戦目まで突入しました!! ですがここからが正念場です。次の対戦相手は……レッドオーガだぁあああっ!?』

「ウオオオオオッ!!」

扉を破壊しかねない勢いで赤色の皮膚を持つ巨人が現れた。

レイトとミナは即座に戦闘態勢に入る。さすがに素手では分が悪いと判断し、レイトも両手を構えて左右の手に氷塊の剣を作り出す。

「『氷装剣』!!」

『おおっ!? 今度は氷の剣を作り出したレイト選手!! というか、この人は一体なんの職業なんだぁっ!!』

さらにレイトは刃に「超振動」を加え、慎重に相手の出方をうかがう。ミナも明らかに警戒した様子で槍を構えていた。彼女はかつてレッドオーガと遭遇したことがあり、モリモとガロとともに戦ったが、結局はレイトの助けがなければ倒すことはできなかった。

「ふうっ……さすがに緊張するね」

「そう?」

「あはは……レイト君はいつも通りだね。でも、僕だってあのときとは違うよ!!」

普段と同じ調子のレイトにミナは苦笑いし、槍を握りしめて気合を入れるように雄叫びを上げると同時に駆け出す。

レッドオーガは正面から突っ込んできた彼女に右腕を振りかざし、拳を突き出した。

「フウンッ!!」

『螺旋槍《らせんそう》』っ!!」

ミナも負けじと槍の穂先を回転させながら突き出す。

回転した槍の刃がレッドオーガの拳に突き刺さり、皮膚を斬り裂いて内部の肉を抉り取った。

「ガアアッ!?」

「どうだっ!!」

「おおっ……格好いい」

ミナの槍さばきを見たレイトは素直に感心する。以前よりも確かに彼女は成長していた。レベルが上がっただけでなく、戦技の熟練度も明らかに上昇している。

レイトは笑みを浮かべながら、自分も攻撃に転じる。

「なら、俺も!!」

「ウガァッ……!?」

レッドオーガは反対側から接近してきたレイトを見て、慌てて左腕を顔の前に持ってきて防御しようとした。だが、彼はガードが上がったことで隙だらけになったレッドオーガの左足を斬り裂く。

「腕をやる‼　……ふりをしてやっぱり足にするっ‼」

「ギャアアッ⁉」

レイトは左足をあえて完全に切断せず、次々と斬り刻む。その結果、傷口から激しく出血し、レッドオーガは左足を押さえて片膝をついた。

「ウオオオオオッ……⁉」

「うっ……ちょっとかわいそうに思えてきた」

「それなら早く楽にしてやろう。苦しまないように一気にね」

「わ、分かったよ」

レイトとミナがお互いの武器を構え、レッドオーガは怯えた表情を浮かべた。せめてもの情けとして痛みを感じる暇もなくとどめを刺すべく、二人はお互いの戦技を放つ。

「『螺旋槍』‼」

「『兜割り』‼」

「アガァアアアアッ――⁉」

頭部と心臓を同時に貫かれたレッドオーガの断末魔の悲鳴が響き渡った。

危険度で言えばレッドオーガは今まで出現した魔物よりも上だが、最も素早く倒されてしまう。

一体しか出現しなかったことが仇となり、数の利を生かしたレイトとミナの餌食となる。

『えっ……嘘、もう終わり……？』

「し、信じられねえ……あのレッドオーガがこうもあっさり……」

「ど、どうなってんだあいつら……」

「や、やった!!　大穴が当たった!!　五戦目まで生き残りやがったっ!!」

観客と実況席の少女は圧倒的な強さを見せつけた二人に呆然とするが、それでも試合はまだ残っており、最後の相手が現れるまで油断はできない。

レイトはミナと作戦会議をする。

「四戦目にレッドオーガが出るということは……もしかして次の相手はもっとやばいのかな?」

「だと思うけど……でも、まだ時間はあるよ。今のうちに準備を整えておかないと……」

レッドオーガが出現してからまだ三十秒ほどしか経過しておらず、次の魔物が出現するまで一分近くの猶予《ゆうよ》がある。

だが、レイトの「気配感知」の技能スキルに反応が生じる。

「おかしいな……なんか、すごい奴がもう北門の前にいるような気がする」

「え、本当に?　まだ時間はあるはずだけど……」

「……やばそうだな」

ミナが槍にこびり付いた血液を拭き取る間、レイトは氷の剣を手放して掌を構える。こうしている間にも、「気配感知」は徐々に反応を強めていた。

『さあ、間もなく門が開かれます!!　今回の挑戦者は生き残れるのかどうか……え、あれっ!?』

「なんだ？　もう扉が……」

「早くねえか？」

まだ時間を迎えてはいないはずだが、北側の門が内側から開かれた。予定より三十秒近くも早い開門に実況と観客達も戸惑う。

そのとき、ゆっくりと押し開かれていた扉が唐突に吹き飛んだ。

――グガァアアアアッ……‼

扉が破壊されたのと同時に獣の咆哮が響き渡る。

姿を現したのは全身が赤色の毛皮で覆《おお》われた熊の魔物――赤毛熊《ブラッドベア》だった。だが、通常の個体は成体の場合だと五メートルを超えるはずだが、姿を現したのは二メートル程度。また、胸元に満月のような模様が入っていた。

「グゥウウウウッ……‼」

「これが最後の対戦相手……⁉」

「赤毛熊《ブラッドベア》……なのか？　レッドオーガより危険度は低いはずだけど……雰囲気がおかしいな」

赤毛熊《ブラッドベア》が現れたのは実況側も予想外だったようで、困惑したように叫んでいる。

『こ、これはどういうことでしょうか⁉　最後の対戦相手がまさかの赤毛熊《ブラッドベア》⁉　ちょっと、こんな話聞いてないんだけどっ‼』

「おい、ふざけんなっ‼　あんな小さい奴が最後の魔物かよ⁉」

「金返せっ!!」

「よっしゃあ!!　さっさとぶっ倒せぇっ!!」

だが、レイトは目の前の魔物に言い知れぬ危険を感じていた。迂闊に近づいては危ないと剣鬼の本能が告げている。

「よ〜しっ……ここは僕に任せてっ!!」

「あ、駄目だっ!?」

ミナが槍を構え、異形の赤毛熊《ブラッドベア》に向かって駆け出す。慌ててレイトが制止の言葉をかけるが彼女は止まらず、先ほどレッドオーガの心臓を突き刺した戦技を放った。

「『螺旋槍』!!」

「ガハァッ!?」

「あれ……？」

だが、予想に反して彼女の槍はあっさりと赤毛熊《ブラッドベア》の胸に突き刺さり、刃が心臓部にまで達したのか赤毛熊《ブラッドベア》は硬直して地面に倒れ伏す。その光景に誰もが唖然とし、攻撃を実行したミナ自身でさえ槍を引き抜き、戸惑いの表情を浮かべる。

「あ、あれ？　全然大したことない……」

「え、嘘？　もうこれで終わり？」

「だと思うんだけど……」

レイトは「観察眼」のスキルを発動し、赤毛熊《ブラッドベア》を見てみる。すると、間違いなく死亡していた。もしや他の魔物が現れるのではないかと門の向こう側に注意を払うが、特に姿は見えず、気配も感じられない。

あまりにも呆気ない終わり方に全員が戸惑っていたとき、レイトはミナが握りしめている槍の異変に気づく。

「えっ……それ、どうなってるの？」

「え、何が？」

「なんで……あいつを突き刺したはずなのに血が付いていないの？」

「……えっ？」

ミナが自分の槍に視線を向けると、なぜか赤毛熊《ブラッドベア》を貫いたにもかかわらず血液がまったく付着していなかった。その事実に気づいた二人が、赤毛熊《ブラッドベア》の死体がある場所を振り返ると、信じられない光景が広がっていた。

「ガアアアッ……!!」

「うわっ!?」

「そんなっ!?」

死んだはずの赤毛熊《ブラッドベア》の身体が起き上がり、二人に向けて両腕を振り下ろしていたのである。その速度は通常の赤毛熊《ブラッドベア》の比ではなく、まともに受けてしまえばひとたまりもない。

「『衝風』‼」

「『受け流し』……うわぁっ⁉」

「ウガァッ‼」

咄嗟にレイトは掌を突き出して風の衝撃波を生み出し、腕の軌道を別方向に変化させるが、ミナは防御型の戦技が間に合わず、槍の柄を破壊されてしまう。

それを確認した赤毛熊《ブラッドベア》は、ミナにのしかかろうとした。

「ガアッ‼」

「『縮地』‼」

「きゃあっ⁉」

レイトはミナの身体を担いで赤毛熊《ブラッドベア》の背後に瞬間移動しようとしたが、人間一人を抱えた状態だと上手く行かず、誤って左側に移動してしまう。

続けて縮地を発動しようとするも間に合わず、二人は赤毛熊《ブラッドベア》の追撃によって吹き飛ばされた。

「ガアアッ‼」

「くそっ‼」

「レイトッ……あうっ⁉」

試合場の地面に叩きつけられるレイトとミナ。「頑丈」と「受身」のスキルを習得していなければ骨折していたかもしれないほどの衝撃を受けた。

「くぅっ……だ、大丈夫レイト君⁉」

「大丈夫……と思う。ん？　この両手に広がる感触は……」

「ひゃんっ⁉　そ、そこは僕のお尻だよ……あんっ」

レイトはミナから手を放し、改めて赤毛熊《ブラッドベア》を観察した。

胸元の部分にはミナが突き刺した槍の痕が存在し、風穴のように開いているが一切出血はしていない。

「ガアアッ……⁉」

「……？」

なぜか赤毛熊《ブラッドベア》は倒れた二人のほうには向かってこず、虚《うつ》ろな瞳で周囲を見回す。そしてまるで目が見えないようにうろうろと歩き回り、地面に放置されていたコボルトの死骸に触れた瞬間、右腕を振り下ろした。

「ウガァッ‼」

すでに死亡しているコボルトの肉体に右腕を叩きつたあと、確認するように死骸を持ち上げて顔に近づけるが、すぐに放り投げた。謎の行動を起こす赤毛熊《ブラッドベア》にその場にいた全員が唖然とするが、どうやらレイト達の位置が把握できていないらしい。

気づかれていないのならば、とレイトは負傷した肉体を治すために魔法を施す。

「よく分からないけど……今のうちに身体を治す。『回復強化』」

「あっ……あったかい」

二人の受けた傷が見る見るうちに塞がっていくが、魔法を発動した直後に赤毛熊《ブラッドベア》が二人に向けて突進してきた。

「ガアアッ!!」

「うわっ⁉　急に来たよっ⁉」

「面倒だな……『土塊』!!」

「ガフゥッ⁉」

レイトが赤毛熊《ブラッドベア》の足元の地面を陥没させ、体勢を崩す。

この隙にレイトは完全に治療を済ませると、アイリスと交信する。

『へくちっ』

『もはや、名前すら呼ばないっ⁉』

『いいから情報をプリーズ』

『たくもうっ……どうやらこの赤毛熊《ブラッドベア》は死霊使い《ネクロマンサー》に操られているようですね』

『つまり、死霊人形《しりょうにんぎょう》ってやつか……やっぱりね』

薄々とそんな予感はしていたが、赤毛熊《ブラッドベア》の正体は生きた魔物ではなく、腐敗竜のように死霊使い《ネクロマンサー》に操作された魔物であった。

『でも、あの死霊人形は俺が戦った奴らと少し違うんだけど……』

『そうですね。以前対決したキラウほどではないですが、それなりに腕のいい死霊使《ネクロマンサー》いが作り出したようです。しかも死霊石《しりょうせき》……あ、死霊人形を生み出すのに必要な闇属性の魔石のことです。その死霊石は心臓の位置に取り付けるのが普通なんですが、この赤毛熊《ブラッドベア》の場合は頭部に埋め込まれているようですね』

『何か違いがあるの？』

『死霊人形の力の源は死霊石です。その力を全身に均等に分散するには心臓の位置が一番いいんですが……この赤毛熊《ブラッドベア》の場合は腕力のリミッターが外れている代わりに、視界と嗅覚が封じられているようですね』

『なるほど、だから俺達の位置に気づかなかったわけだ』

だが、そうすると先ほど「回復強化」の魔法を使ったときにレイトの位置が掴まれた理由とは繋がらない。この試合場は観客の歓声で満たされているため、声で気づかれた可能性は低い。

『さっきはどうして気づかれた？』

『レイトさんが「回復強化」を……つまりは聖属性の魔法を使用したことが原因ですね。知っての通り、死霊人形の弱点は聖属性です。だから赤毛熊《ブラッドベア》は自分の脅威となる力を感じ取って逆に襲いかかったんですよ』

『そういうことか。それならチェーンであいつを拘束して回復強化を施せば……しまった、試合中だと持参の武器は使えないんだっけ』

『そういうことです。あの赤毛熊《ブラッドベア》を倒すのなら相手の身体に触れて「回復強化」の魔法を施すか、あるいは頭部の死霊石を砕いてください』

『分かった。ありがとう』

レイトは陥没した地面から抜け出そうとする赤毛熊《ブラッドベア》に目を向け、どのような手段で相手を倒すべきか考える。

そのとき、彼は赤毛熊《ブラッドベア》の傍にゴブリンの死骸が存在することに気づいた。

「ガァアアアッ!!」

「あっ……」

地面から抜け出す際に赤毛熊《ブラッドベア》の右腕がゴブリンの死骸と触れ、邪魔だとばかりに赤毛熊《ブラッドベア》はそれを振り払う。

――死骸が空中に浮かんだ光景を見た瞬間、レイトは深淵の森で自分に果物を分けてくれた子供のゴブリンのことを思い出す。赤毛熊《ブラッドベア》に襲われていた自分を助けるため、圧倒的な力の差があるにもかかわらず立ち向かい、命を落とした。

そのゴブリンの姿がフラッシュバックした瞬間、彼の両目が赤く変色した。

「……めろっ……!!」

無意識にレイトは右手に意識を集中させて、氷塊の大剣を作り出す。そして地面から抜け出したばかりの赤毛熊《ブラッドベア》の頭上を目掛け、全力で刃を振り下ろした。

「ガアッ……!?」

「ああああああああっ!!」

レイトは一瞬にして、頭部に存在する「死霊石」ごと赤毛熊《ブラッドベア》の肉体を一刀両断した。

4

闘技場がしんと静まり返る。彼らの大部分は試合場で何が起きたのか理解することができなかった。赤毛熊《ブラッドベア》に少年が近づいたと思ったら、気づけば真っ二つになっていたのだ。

「えっ……な、なんだ?」

「なんで赤毛熊《ブラッドベア》が倒れて……えっ?」

「し、死んでる……のか?」

『こ、これはどういうことでしょうか……レイト選手が近づいた瞬間、赤毛熊《ブラッドベア》が倒れたようにしか見えませんでしたが……』

実況の少女を含め、全員が困惑している。

「おいおい……マジかよ」

だが、試合場の最前列で観戦をしていた剣聖のシュンはレイトの動きを捉えていた。レイトが一太刀で赤毛熊《ブラッドベア》の巨体を斬り裂いた光景を目《ま》の当たりにした瞬間、彼は全身に鳥肌が立った。

「ありえねえっ……聞いてねえぞくそがっ⁉　なんだあのガキは……⁉」

激しい怒りを感じさせる言葉とは裏腹に、シュンは笑みを浮かべていた。自分の年齢のせいぜい十分の一程度の人生しか送っていないと思われる少年に彼は恐怖を感じ、同時に興味を抱く。

「人が悪いぜ、マリアの嬢ちゃん……あんな奴がこの都市にいたのなら、あんたにも情報が入ってくるはずだろうが」

シュンは赤色の瞳をした少年を見ながら、さらに独り言を呟く。

「まさか俺達に隠していた……？　一体どうして……いや、そんなことはどうでもいいか」

シュンは笑みを浮かべたまま、観客席から立ち上がる。先ほどからぶつぶつと呟いていたので周囲の観客は訝しげな表情を向けていたが、彼は気にせず闘技場の出入口に向かう。

「試合を終えた以上はあそこから出てくるはず……直接聞けばいいだけだな」

レイトの顔を記憶に刻み込み、彼は闘技場の出入口で彼を待ち構えるため急ぎ足で移動した。

――レイトの動きを見切っていたのは、シュンだけではなかった。

シュンと同じく「剣聖」の称号を持つその少女は、試合場に目を向けたまま唇をペロリと舐める。

「ふふっ……面白そうな奴ね。少しだけ、興味が湧いたわ」

彼女はゆっくりと立ち上がり、観客席をあとにした。

観客席の外側の通路に繋がる道で、彼女は急ぎ足のシュンと遭遇する。

「うおっ……お前か」

「あら、どうも」

「ちっ……今日はてめえに構っている暇はないんだ。どきやがれ」

「それはこっちの台詞よ。今日はあなたと遊んでいる暇はないの。早く行けばいいじゃない」

「……ガキがっ」

シュンは少女を睨みつけ、不機嫌さを隠さずに横を通る。そんな彼の後ろ姿を冷たい視線で見送った少女は軽くため息を吐き、自分の腰に差している青色の宝石が嵌め込まれたレイピアに語りかける。

「今は駄目よ。目立ちすぎるわ……だけど、そう遠くない日にあなたの出番がやってくる」

少女は愛《いと》おしい我が子を可愛がる母親のようにレイピアを撫でた——

◆　◆　◆

——試合を勝ち抜いたレイトとミナが控え室に戻ると、受付で二人に対応した女性が現れた。

彼女は困惑の表情を浮かべながらも、二人に賞金と副賞の紅魔石を載せた二つのトレイを、それぞれに差し出す。

「お、おめでとうございます……こちらが二人試合《タッグバトル》の賞品となります」

「わあっ……やったねっ!!」

「へえ……賞金も結構もらえるんだ」

レイトとミナは賞金の小袋と紅魔石を受け取った。レイトは紅魔石を自分の魔法腕輪《マジックリング》に装着し、ミナは大切そうに腰に取り付けている小袋に収納した。これで二人は今回の目的を果たした。

レイトは受付係の女性に尋ねる。

「それにしても意外と呆気なかったね。また参加してもいい？」

「そ、それは承諾しかねます……一度勝ち抜いた方は、一定の期間試合に参加できませんので……」

「え〜？　そういうことは最初に注意してくださいよ」

「も、申し訳ありません……私の説明不足でした」

女性が慌てて頭を下げて謝罪する。実際のところは説明を忘れていたわけではなく、単純に彼等が試合に勝ち残るはずがないと思い込んでいたのであえて説明しなかっただけだが、まさかそんなことを言えるはずがない。

「この紅魔石は火属性の魔法を強化するんだっけ？」

レイトが聞くと、ミナは元気に頷いた。

「うん!!　しかも普通の魔石と違って滅多に壊れないよ。宝石みたいで綺麗だよね」

聞くところによれば、彼女は紅魔石をアクセサリーの一種として欲していたらしい。

色々とあったが今回の試合でレイトは自分の戦法を見直すことができたため、ミナに礼を告げる。

「ありがとう、今日は俺も助かったよ。ミナのおかげでまた強くなれたと思う」

「え、そ、そう？　そう言われると少し照れちゃうな……でも、最後の赤毛熊《ブラッドベア》の攻撃は本当にすごかったね!!　僕、何も見えなかったよ」

「……そう」

ミナは純粋な気持ちで彼を褒め称えるが、レイトとしては嫌な記憶を思い出した出来事だったため、顔を逸らした。

そんな彼の態度をミナは不思議がったが、すぐに何かを思い出したように語りかける。

「あ、そうだ。レイト君はこれから暇？　良かったら僕と一緒にお昼を食べない？」

「昼か……うちは大食らいのペットが四匹もいるからな。そろそろ家に戻るよ」

「へえ……レイト君はペットを飼ってるの？　どんな子？」

「狼にスライムに人魚かな」

「あれ!?　僕、ペットの話をしてたよね!?」

人魚族のコトミンは別にペットではないのだが、普段からウルやスライム達と同様に食料を与えたり、適当に遊んでやったりすることもあるため、似たようなものである。

「ミィちゃんはペットを飼ってないの？」

「そのあだ名は慣れないいんだけど……ペットかぁ。飼いたいとは思うんだけどね……冒険者稼業をやっていると、もしも僕が仕事で何かあったときに面倒を見切れるか分からないし……」

「なるほど」

「あ、でも良かったら今度ウル君に餌とかあげていいかな？　実は僕、犬が大好きなんだ」

「自分が犬っぽいから？」

「どういう意味かなそれは⁉」

「犬みたいに可愛い女の子という意味だよ」

「えっ……そ、そう言われると照れるなぁっ」

レイトの言葉は半分冗談だったが、なんとなく彼女に犬耳と尻尾を取り付けたら似合いそうだとは思う。それはともかく、ウルを可愛がりたいという彼女の申し出を承諾し、レイトはこの場でミナと別れることにした。

「じゃあ、俺は先に帰るよ。俺のワンコもお腹を空かせて待っているだろうし」

「あ、うん。今日は本当にありがとうっ‼　また一緒に戦おうね～」

「いいとも～」

手を振りながら見送りをしてくれるミナにレイトも掌を振り返しながら通路を駆け抜け、急いで闘技場の正面玄関に向かおうとする。だが、彼は通路の途中にあった扉から怒鳴り声を耳にした。

『この……役立たずがっ‼』

「ん？」

声が聞こえてきたのは、「職員専用」というプレートがかかった扉からだった。

続いて中から何かを壊すような騒音が響き渡り、不審に思ったレイトは扉の前に移動して様子をうかがう。

『くそっ……お前が失敗するからうちは大損だっ!! なんだ、さっきの試合のあのザマは!? あんなガキどもに負けるような出来損ないを育てやがって……!!』

『も、申し訳ありません!!』

「試合」「ガキ」という単語を聞き、レイトは自分達のことを話しているのかと思い、周囲に人がいないことを確認して「隠密」と「無音歩行」の技能スキルを発動して壁に耳を当てた。どうやら闘技場を運営する職員が怒鳴りつけているようであり、相手は試合で用意される魔物を育成している「魔物使い」の職業の人間達だと思われた。

『今日だけですでに一人試合《シングル》と二人試合《タッグバトル》を合わせて三人も試合を突破してるんだぞ!! しかもそのうちの一人はあの「破壊剣聖」だ!! あいつのせいで一人試合《シングル》の試合場が大変なことになった!!』

『で、ですが……結果的にさっきのガキどもの試合では観客から大金を稼いだじゃないですか!!』

『ああ、そうだよ。まさかあんなガキどもが生き残るとは誰も思わなかったんだろうな……だが、あんまりにも簡単に勝ち進められたんでイカサマをしてるんじゃないかと疑われてるんだよ!! 最後の相手をあの赤毛熊《ブラッドベア》にしちまったせいでな!!』

『だけどあの赤毛熊《ブラッドベア》は……』

『言い訳は聞かないっ!! くそっ……これで紅魔石は品切れだ。新しい賞品を用意しなければ……

安物だと誰も挑戦したがらないからな』

するど、中から足音が近づいてきた。怒鳴りつけていた人物が部屋を出ようとしているのである。

レイトが身を隠すと、数秒後に扉が開かれる。部屋を出た相手は怒ったように反対側の通路に立ち去っていった。

「闘技場の闇を垣間《かいま》見た気がする……それにしても最後の赤毛熊《ブラッドベア》を操った奴は誰だったんだろう」

『死霊使い《ネクロマンサー》ではありますけど、闘技場に雇われただけの正規の魔術師ですよ』

「正規……？　死霊使い《ネクロマンサー》なのに？」

『死霊使い《ネクロマンサー》全員が、レイトさんが遭遇したような犯罪者達と同じとは限りませんからね』

アイリスの言葉を聞き、レイトは「確かに」と納得した。勝手に「死霊使い《ネクロマンサー》」の職業の人間は全員が悪人ではないかと思い込んでいたが、別に魔物の死骸を操作するだけならば犯罪行為とは言えない。

「さて、そろそろ戻らないと……」

レイトが出入口に行こうとすると、またもやアイリスの声が響いた。

『あ、待ってください。正面玄関ではなく、職員専用の裏口を通ったほうが早く戻れますよ。というか、そっちを使って帰ってください』

「裏口？　なんで？」

『正面玄関に面倒な人が待ち構えているからです。道案内しますから、「隠密」と「無音歩行」を

解除しないでくださいね』

「了解」

レイトはアイリスの案内に従い、「職員専用」の扉を開けて中に入る。

先ほどまでは複数人の気配が存在したが、部屋に入った時点では誰の姿も見えない。

「ここは……なんだ？」

『試合場に用意する魔物を管理する部屋です。地下に続く階段があるでしょう？　そこを降りれば魔物を閉じ込める檻《おり》に繋がっています。そこから試合場に繋がっている南門以外の扉の通路に移動できますよ。魔物使いは試合の時間が訪れる度に、魔物を檻から出してわざわざ誘導しているんです』

「面倒なシステムだな」

魔物使いの人間達に同情しながらもレイトは裏口に通じる通路を進み、誰にも見つからずに無事に闘技場の外へと移動する。特に何事もなく闘技場を抜け出すことに成功し、急ぎ足で家に向かう。

「おっ!!　おい兄ちゃん!!　さっきの試合見たぞ、すごかったな!!」

「あ、どうも」

「今度は一人試合《シングル》で出てくれよ!!」

帰り道で、レイトは様々な通行人から声をかけられた。どうやら闘技場でレイトの試合を観戦していたらしい。

適当に掌を振って対応していると、レイトは見覚えのある漆黒の甲冑姿の人物を発見した。

「あれ？　あの人って……」

「むうっ……危うく出禁にされるところだった。少々やりすぎたか……」

甲冑の男性（声音から判断した）はぶつぶつと言いながら歩いており、通行人が彼を見るやいなやサーッと距離を取っている。

「うわ、破壊剣聖!?」

「ひぃっ!!　ぶっ壊されるぞっ!!」

「あ～破壊のおじちゃんだ」

そんな声がレイトの耳に入り、大多数は彼を恐れているような感じだった。

破壊剣聖ってどこかで聞いたことがあるな、とレイトは少し考え、闘技場の職員が口にしていた言葉だと思い出した。つまり、彼が闘技場の一人試合《シングル》を勝ち抜いた人物らしい。

また、男性は漆黒の大剣を背負っていた。刃の表面には、独特な紋様が刻まれている。

その紋様を見たレイトは、「聖剣カラドボルグ」にも同じような刻まれていたことを思い出す。

「あれは……もしかして聖剣？」

『その通りです。彼が装備しているのはカラドボルグと同等の力を誇る、聖剣デュランダルです』

アイリスの言葉がレイトの脳内に響き渡り、レイトは堂々と聖剣を晒しながら歩く甲冑の人物に唖然とした。

破壊剣聖と呼ばれた男性は、ぶつぶつと言いながら遠くのほうへ歩いていってしまった。レイトは彼を追いかけるようなことはせず、真っ直ぐ帰宅する。なんとなく、彼と関わったら面倒事に巻き込まれる予感がしたのである。

「ただいま……戻ってきたよ」

「ウォンッ!!」

家に戻ると、出迎えてくれたのはウルだけだった。コトミンとスライム達はまだ戻っていないようである。

レイトは帰り際に市場で購入した食料品をウルに差し出す。ウルは調理した食べ物よりも生の食材を好み、肉屋で購入したブタンの生肉に齧《かじ》りつく。

「ガツガツッ……!!」

「いっぱい食べて大きくなるんだぞ。もう十分大きいけど……」

「ウォンッ!!」

レイトが頭を撫でるとウルは嬉しそうに頭を擦り寄せてくるが、食べかすが服に付きそうだったため押し返す。

自分の食事はあとにして、ウルが食事を終えるまで今日覚えたばかりのスキルの練習でもしようとしたとき、馬の足音が家の前に響き渡る。

「頼もうっ!! うちの義弟《おとうと》はいるか?」

「どんな呼び出し方だっ」

聞き覚えのある声にレイトは顔を出すと、そこには白馬に跨《また が》り、白色の甲冑を身にまとった王国の第一王女ナオがいた。彼女はレイトの従姉《いとこ》であり、義理の姉でもある。

ナオはレイトの姿を見かけると笑みを浮かべて白馬から降りた。

「久しぶりだな……元気そうで何よりだ」

「ナオも元気？」

「ああ、みんなのおかげで吹っ切れた……といっても、未だに夜に夢を見る事があるがな」

彼女は少し疲れた表情を浮かべながら笑いかける。彼女は大事な騎士団の配下達を腐敗竜に殺されており、まだ完全には乗り越えられていないらしい。大分元気を取り戻したが、それでも以前と比べると随分と痩せていた。それでも腐敗竜に遭遇したときと比べると見違えるように生き生きとしている。

「今日はどうしたの？　俺に会いに来ただけ？」

「いや、ちょっとした報告に訪れただけだ。腐敗竜の一件で私のヴァルキュリア騎士団は解散した。人員が減ったという理由もあるが、父上……いや、国王様の命で新しい騎士団を結成することになったんだ」

「へえ、それはおめでとう」

レイトは彼女を部屋の中に案内し、詳しい話を聞く。

「表向きには腐敗竜の討伐は冒険都市の冒険者、それと私が率いた帝国軍で果たしたということになっている。私が聖剣を使用して腐敗竜を打ち倒したという噂だけは納得いかないが……」

「聖剣はどう？」

「王国の宝物庫に厳重に隔離されている……一流の名工が作り上げた偽物がな。本物は別の場所で管理してある」

――腐敗竜との戦闘のあと、レイトが発見したカラドボルグはナオが回収して王都に持ち帰った。しかし、彼女が持ち込んだのはマリアが事前に用意させた偽物であり、この偽物の剣の製作に関しては、実はレイトも関与している。

彼女が持ち込んだ聖剣は氷雨と契約している腕利きの小髭族《ドワーフ》の鍛冶職人が作り出したものであり、さらにレイトが「形状高速変化」で本物のカラドボルグに存在する紋様と同じものを刻み込んだ。

どうしてナオが王都に偽物の剣を持ち帰ったかというと、それは王妃が聖剣を悪事に利用する恐れがあるからである。マリアによれば、その可能性が非常に高いそうなのだ。レイトやナオは王妃に暗殺されかけた経験があるので、その点に関して疑うことはなかった。

本物の聖剣は安全な場所に移送済みであり、悪用されることは決してない。

ナオは王妃や国王を騙したことに多少なりとも罪悪感を抱かなかったわけではないが、決して聖剣を王妃に渡すわけにはいかないとマリアに説得され、結局はそれを承諾したのだった。

聖剣は誰もが扱える武器ではない。たとえば、カラドボルグはレベルが70以上で雷属性の適性がある人間でないと使えない。だが、レイトが錬金術師の能力を使って無理矢理使用したという前例があり、条件を満たしていない人間でも聖剣を扱える可能性は大いにありえる。

ナオは聖剣をどのように回収したのかと国王に尋ねられ、マリアから受け取ったと報告した。

この返答によってマリアは王都に呼び出され、直接国王と面会している。そこで彼女は、聖剣を所持していた理由を厳しく問い質された。本来、全ての聖剣は王国に所有権が存在し、彼女が聖剣を所持していたことが事実ならば大きな問題となるからだ。

しかし、マリアは堂々とこう答えた。

『まさか本物とは思わなかったわ』

彼女はそれ以外の言い訳を一切言わず、最後まで貫き通した。

当然だが、マリアの言葉に王国の重臣は反感を抱き、国王に彼女を罰するように具申する。しかし、マリアの次の言葉に全員が黙り込んだ。

『今回の冒険都市の防衛に際して、私がどれだけ尽力したと思っているのかしら？』

マリアのおかげで腐敗竜の討伐を果たせたことは疑いようのない事実であり、こう言われれば彼女に怒りを抱いていた人間も口を閉じるしかない。

さらにマリアは、王都の軍隊が腐敗竜の討伐に参加しなかったことを責める。

『私に何かあったら民衆はどう思うかしら？　自分達は特に何も行動を起こさなかったのに、腐敗竜の討伐に最も貢献した人間を罰すれば間違いなく信頼を失うわよ。もちろん、私と交流がある貴族も黙っていないでしょうね』

冒険都市を実質的に管理し、さらに数多くの貴族の人脈が存在するマリアの影響力は非常に強い。王都に住む貴族の中にも彼女と友好関係を築いている人間は多く、迂闊に彼女に手を出すことは王国の崩壊を意味する。

『もう帰らせてもらうわね。聖剣の件は一応は謝っておくわ……ごめんなさいね』

まったく心のこもっていない謝罪の言葉を残して、マリアは悠々と王都を立ち去ったのだった。

あまりの彼女の態度に本気で殴りかかろうとする重臣がいたらしいが、兵士が必死で押さえつけていたとナオは話した。

「ふうっ……マリアさんの力業《ちからわざ》でなんとか乗り越えられたとはいえ、あのときは本当に冷や冷やしたぞ。だが、これで聖剣は安全に保管できた。あの王妃が何も行動しなかったことだけが気になるが……」

「まあ、とりあえず話は分かったよ。ところで、ナオはこれからどうするの？　騎士団は解散しちゃったんでしょ？」

「ああ、さっきも少し話したが、私は新しい騎士団を作ることを国王様から許可された。ヴァルキュリア騎士団は、実質的には私の護衛部隊だったからな……魔物嫌いの私を守るために作り上げられたに過ぎない」

レイトはナオと初めて出会ったとき、彼女が偶然遭遇した「サンドワーム」という魔物に怯えていたことを思い出した。あの姿を見たときは本当に彼女が騎士なのかと疑ったこともあった。

とはいえ、ヴァルキュリア騎士団は主に盗賊や人間の犯罪者を討伐することで活躍していたらしい。

魔物嫌いについて、ナオはこう話す。

「私は幼い頃に魔物に襲われたことがあって、どうにも魔物という存在が怖くてな……だが、腐敗竜のおかげというのが気に食わないが、今は恐怖心を抱くことはなくなった」

「ほほう……ウル、ちょっと近づいて」

「ウォンッ」

「む？　なんの真似だ？」

レイトは試しに魔物であるウルをナオに近づけさせてみたが、彼女はまったく怖がる様子も見せずにその豊満な胸でウルの頭を包み込んだ。どうやら完全に魔物嫌いは克服できたようだ。

「新しい騎士団を作ると言っても具体的には何をするの？」

「まずは団員募集からだな……資金に関してはそれなりに余裕があるんだが、私が見定めた人物に限定して雇用する。すでに私の護衛を務めている数人は加入済みだが、最低でもあと五十人は集めないとならない」

「普通、そういうのは兵士から選定するんじゃないの？」

「確かにそうなんだが……王都の兵士は信用できる人間があまりにも少ない。すでに国王ではなく、王妃に忠誠を誓った兵士も少なくはないだろう。そんな輩《やから》を迂闊に入れるわけにはいかない」

だからこそ自分の目で見極めた人間を騎士団に入れるため、有力な人材が集まる冒険都市を訪れたのだと説明した。

「しばらくの間、私はこの都市を拠点として行動する。暇なときは遊びに来てもいいか？」

「いいよ。そのときはお土産《みやげ》をよろしく」

「ウォンッ!!」

今後はナオも冒険都市に駐在することが決まり、レイトは何かあったら彼女に相談できるようになった。

「……ところでさっきから気になっていたんだが、その右目はどうしたんだ？　赤色に変色しているように見えるんだが……」

「え、いや……あ、そんなことよりもお茶も出してなかった!!　ちょっと待ってね、今から出すから……」

「いや、別に気にしないで……ちょっと待て、何してるんだ!?」

「え、だから異空間からお茶を出してるんだけど……」

瞳の事を誤魔化すために収納魔法を発動したレイトは小さな壺を取り出し、蓋を開けて中のお湯から湯気が立っているのを確認する。収納魔法は固形物しか回収できないが、容器などで密封した状態ならば液体でも収納が可能である。また、異空間内は時間が経過しないため冷めることもない。

目の前でお茶を用意するレイトにナオは呆気に取られるが、すぐにあることを思い出す。

「そういえばレイトは支援魔術師だったな。すっかり忘れていたが……だが、剣を使うと聞いていたが本当か？」

「そうだけど……」

「魔術師なのに剣を使うとは変わっているな……まあ、強力な攻撃魔法を覚えられないのなら仕方ないことかもしれないが」

「別にそうでもないけど……はい、お茶」

「ありがとう……うん、いい匂いだ」

ナオは笑みを浮かべ、一口飲む。

「ふうっ……美味しいけど、随分と豪勢な茶葉を使っているんだな」

「それ、マリア叔母さ……お姉さんからもらった茶葉だよ。飲み続けると魔力が少し増える効果もあるって言ってた」

「そんなものをもらっていたのか……そういえばレイトは、アイラさんが昔冒険者をやっていたことは聞いているか？」

「知ってる。剣姫《けんき》とか拳鬼《けんき》とか呼ばれていたと聞いた」

レイトの母親、アイラは冒険者としての現役時代に「剣」と「拳」の戦技を極め、二つの異名を持っている。舞うように剣を扱うことから「剣姫」と呼ばれ、相手が血塗《ちまみ》れになるまで鬼のように殴りつけていたことから「拳鬼」とも呼ばれていたのだとか。

「ナオも剣士だっけ？」

「むっ、私は騎士だぞ。曲がりなりにも騎士団長を務めていた人間にその質問は失礼じゃないのか？」

「そういえばそうだった。でも、俺の知っているナオはサンドワームに怯えているイメージが強いから」

「失礼な奴だなっ‼　よし、そこまで言うのなら私がお前の剣の腕を確かめてやる‼　表に出ろっ‼」

「ええっ……」

ナオは憤慨《ふんがい》したように外を指さした。レイトとしては試合を終えたあとなので身体を休ませたかったが、他の剣士と手合わせする機会は滅多になく、彼女の実力を確かめてみたかったため申し出を受ける。

「よ～し、お姉ちゃんだからって容赦しないぞ」

「あっ……レイト、その、もう一度お姉ちゃんと呼んでくれないか？」

「いや、なんで頬を赤らめるの……？」

「クゥンッ……」

雑談を交わしながらも二人は家の庭に移動し、その様子をウルが少し呆れた様子で見守る。

レイトは収納魔法を発動してアダマンタイトの刃に作り替えられた退魔刀を取り出し、ナオは自分の腰に差していた虹色に光り輝く双剣を引き抜く。

「あれ、それってヒヒイロカネ製？」

「ああ、以前の剣は折れてしまったからな……新調したんだ」

「……騎士団の予算を使ったな」

「そ、そんなことはない!!　これは私のお小遣いで買ったんだ!!」

レイトの言葉にナオは慌てて否定したが、逆に怪しかった。レイトは大剣を握りしめ、ナオも双剣を構える
気を取り直し、二人は向かい合って剣を構える。

と彼女の目つきが一変した。

「『肉体強化《アクセル》』」

「おおっ……」

身体能力を強化するスキルを使用したのか、ナオの筋肉がわずかに膨れ上がる。レイトが初めて目撃するスキルであった。

彼も負けずに魔法で身体能力を強化させる。

「『身体強化』」

「……準備はいいか？」

先に動きだしたのはナオだった。彼女は双剣を振りかざし、身体を回転させながら刃を放つ。

「『回転』!!」

「くっ!!」

「ウォンッ!?」

ナオはレイトも愛用する「回転」の戦技を発動した。

「このっ!!」

「やるなっ!!」

退魔刀の刃で攻撃を受けると、彼女は笑みを浮かべて今度は空中に浮き上がり、頭上から双剣を振り下ろす。

「『旋風』!!」

「うわっ!?」

上空から振り下ろされた斬撃をレイトは防ぐが、矢継ぎ早の攻撃に体勢を崩しかける。

慌てて持ち直そうとするが、ナオの追撃は終わらない。

「このっ!!」

「『受け流し』っ!!」

空中にいるナオに対してレイトが大剣を振り抜くと、彼女は双剣で刃を受け止めて身体を回転させながら地面に着地する。獣人《ビースト》族並の身軽さを誇る彼女の動作にレイトは戸惑いを隠せず、ナオは笑みを浮かべた。

「どうだ？　私もなかなかやるだろう」

「正直、驚いたよ。じゃあ、俺も本気で行くね」

「えっ……うわっ⁉」

レイトが勢い良く踏み込み、全身の筋肉を利用して退魔刀を振り抜く。バルから教わった「撃剣」の技術を利用して放たれた一撃に対し、ナオは正面から受け止めることはできないと判断して後方に回避する。大振りでありながら恐ろしいまでの剣速であり、もしもまともに受けていれば勝負は決まっていただろう。

「まだまだっ‼」

「ちょっ……待て⁉」

追撃を仕掛けてきたレイトに対してナオは回避に専念することしかできない。

下手に受ければ敗北は必至。まさに「一撃必殺」という言葉が相応しい攻撃を何度も繰り返すレイトに対し、彼女は追い詰められる。

「これで、終わりだっ‼」

「くっ……『加速《ブースト》』‼」

「おおっ⁉」

正面から振り下ろされた大剣を、ナオは残像を生み出すほどの速度で右側に回避した。その光景にレイトは目を見開き、一方でナオは双剣を振り抜く。

「私の、勝ちだっ!!」

「『縮地』」

「えっ!?」

だが、レイトの首元にナオの双剣が突きつけられる前に彼の姿が消え去り、背後から退魔刀の刃が逆に首元に添えられる。まるで瞬間移動のように一瞬で自分の背後に移動したレイトにナオは驚きを隠せず、同時に自分が敗北したことを悟る。

「俺の勝ち、でいいよね？」

「あ、ああ……だ、だが今のはどうやったんだ!? どうして私の後ろに……」

「『縮地』のスキルだよ。えっと、多分だけど『跳躍』と『隠密』のスキルの組み合わせかな」

「そ、そうなのか……そういえば昔、アイラさんも使っていたような……」

ナオは「縮地」のスキルを見るのはほとんど初めてらしい。だが、この能力は滅多に扱える人間はいないので彼女の反応は当たり前のことである。

だが、レイトのほうもナオが見せた「加速《ブースト》」というスキルが気になり、尋ねる。

「ナオも『加速《ブースト》』というスキルを使っていたよね。あれは何？」

「ん？　ああ……『加速《ブースト》』は格闘家の技能スキルだ。覚えるのに苦労したが、使い勝手はいいぞ」

彼女の説明によると「加速《ブースト》」とはレイトも覚えている「瞬脚《しゅんきゃく》」という移動速度を上昇させるスキルの上位互換に当たるらしく、ナオが毎日走り込みしていたときに偶然にも覚えたスキルらしい。

彼女自身もどのようにスキルを覚えたのかは分からないのだとか。

「一瞬だけだが私は移動速度を数倍にまで高めることができるし、加速《ブースト》の間は相手の動作が遅行化しているように感じられるんだ。だからスキルを発動したときはお前の動作は完全に見切ったつもりだったんだが……まさか一瞬で背後を取られるとは……」

「なるほど、俺の縮地とは少し違うのか……覚えるのは難しそうだな」

「それにしてもまさか魔術師に私が負けるとは……いや、ここは素直にレイトを褒めるべきだな。強いな、レイト」

ナオは素直に、レイトに称賛の言葉をかけた。潔《いさぎよ》く敗北を認めたことをレイトは意外に思ったが、その一方で彼女との戦闘では色々と学ぶべき点も多かった。

「俺の戦技とナオの戦技が微妙に違ったのは、やっぱり使っている武器のせいかな」

「それはそうだろう。大剣と双剣の場合だと戦技の使用法も大きく異なる。お前も知っていたんじゃないのか？」

「いや、改めて確認したかっただけ」

同系統の戦技であっても使用する武器の違いによって動作が大きく変化することは珍しくない。たとえば単純に頭上から剣を振り下ろす「兜割り」の戦技でさえも、武器によっては攻撃動作が異なる。大剣や長剣の場合は力任せに頭上から刃を振り落とすが、ナオのような双剣の場合は斜めから左右に斬り裂く動作になり、威力にも違いが出る。双剣の場合は手数が増すという利点がある一方、片手で剣を扱う分だけ威力が落ちてしまう。逆に大剣や長剣の場合だと手数は劣るが両手を一本の剣に集中させているので威力は大きい。

「ナオはバルから剣を学んだと聞いてたけど、バルの扱う剣とは全然違うんだね」

「私はあくまでも基本しか教わっていないからな……私にはあの人の剣は真似できない。そういう意味ではお前が少し羨ましいよ」

「そう？」

普通の人間であるナオに巨人族《ジャイアント》の血が流れるバルの「剛剣」は到底真似できず、彼女のように大剣を扱えるレイトにナオは少し嫉妬していたのだった。

「そういえばナオの用事はなんだったの？　俺に報告しに来ただけじゃないんだよね？」

「ああ……実はそのことでお前に伝えたいことがあるんだが……その、中で話さないか？」

「……分かった。ウル、ちょっと見張りをお願い」

「ウォンッ!!」

ナオは周囲を見渡して言い、彼女の意図を察したレイトはウルを庭に残して警戒を行わせた。

二人が家の中に戻ると、ナオは懐から薄い黄色の魔石を取り出し、机の前に置いて掌をかざす。

「『解放《リリース》』」

彼女が言葉をかけた瞬間、魔石の上に黒い魔力の渦巻きが誕生した。

ナオが掌を向けると、直後に渦巻きから木箱が空中に出現し、慌てて彼女は拾い上げる。

「ふうっ……危うく落とすところだった」

「でも、魔石のほうが罅割れてるけど」

「何っ⁉」

彼女が使用したのはレイトが扱う収納魔法と同じ効果を持つ収納石だった。一見すると便利だが、収納魔法と比べると重量の制限や使用回数の上限など、色々と問題が多い。ただし、割と安価なので補充は可能。支援魔術師が不遇職扱いされている原因の一つである。

ナオは悲しそうに言う。

「ああっ……また新しいのに買い替えないといけないな。い、いや……そんなことはどうでもいい‼　これを受け取ってくれ」

「何これ？」

「……開けてみれば分かる」

ナオから木箱を渡されたレイトは不思議そうに覗き込んだ。どこかで見覚えのある形である。

少し考え、この木箱は自分が子供の頃に母親のアイラから渡された木箱と同じ形だと気づいた。

彼は慌てて蓋を開ける。

「これは……⁉」

「……王族だけが所持を許される聖光石《せいこうせき》だ」

木箱の中には金剛石《ダイヤモンド》を想像させる宝石が入っていた。この世界でも特に希少な、聖光石と呼ばれる魔水晶を加工した宝石である。

本来ならばバルトロス王家の人間しか所持することを許されない代物だ。レイトが疑問の意味を込めてナオを見ると、彼女は決意を抱いた表情で彼の肩を掴んだ。

「その聖光石は私のものだ。しばらくの間、お前が預かってくれないか？」

「そんな……どうして急に」

「聖光石は国宝であると同時に、強大な力を秘めた危険な魔石なんだ。この魔石を王妃の手に渡すことだけは避けねばならない。だからお前に預かってほしいんだ」

唐突なナオの申し出にレイトは戸惑いを隠せない。

ナオは真剣な表情で説明を続ける。

「聖光石を所持することが許されるのは国王、王妃、そして次の王位継承者の人間だけ。私が所持を許されているのは、六年前まで私が王位継承者だったからだ」

「六年前……」

「そう、国王様と王妃の間に子供が生まれる前まで、私は王位継承権を持っていた」

――バルトロス王国では世継ぎとなる人間が十歳の誕生日を迎えたときに「王位継承の儀」と呼ばれる儀式を受けなければならない。ナオは現在の王妃と国王の間に世継ぎが誕生する以前、この儀式を受けていた。

王妃は彼女が儀式を受けることに反対したが、国王との間に男子が生まれない以上はナオが王国を引き継ぐ権利があり、彼女は正式な儀式を受けて王位継承者の証として聖光石を受け取った。

しかしこの儀式から数日後、王妃が懐妊していることが発覚した。すでに儀式を受け終えたナオだったが、王国では女性よりも男性の継承権が優先されるため、生まれてきた赤子が男児だった場合は彼女の立場が危うくなる。

そして六年前、生まれてきたのは男児だった。儀式を受けたナオに王位継承権があることは確かだが、王妃は自分の息子こそが正当な次期国王であると宣言する。

中にはナオを次期国王に推す人間もいたが、やはり少数派であった。

結果、国王は男児の王子が正式に「王位継承の儀式」を受ける年齢まで育つまでの間はナオが次期国王であるとし、もしも王子が十歳を迎えるまでに何も問題が起きず、儀式を無事に受けられたら王子を次期国王とすると宣言する。

ナオは苦々しげな表情で言う。

「国王様は口にこそはしないが、私よりも王子に王位を継がせたいのだろうな。だが、あの王子を国王にするわけにはいかない。そうすれば王子を利用して王妃が王国を乗っ取るからだ」

「そんなに危険な人なの？　俺は会ったことがないから良く分からないけど……」

「……お前にだけは会わせたくはないな」

意味深な発言をするナオだったが、レイトは詳しく聞かなかった。

ひとまずレイトは、ナオから受け取った聖光石を収納魔法で異空間にしまう。

「まあ、事情は分かったからこれは俺が預かっておくけど。国王から返却を求められたらどうするの？」

「王子が儀式を受けない限りは大丈夫だ。いくら国王と言っても伝統を破ることは許されない……あと四年以内に決着できなければこの国は終わりだ」

「四年か……」

王都の王子が王位継承の儀式を行えば、ナオは完全に王位継承の権利を失い、彼女の所持する聖光石も奪われてしまう。その前に王妃の企みを阻止する必要があり、そのための準備をナオとマリアは整えているらしい。

「まあ、随分と重い話になってしまったが……レイトもいつかは王都に来ないか？　今は危険だが、きっとアイラさんに会わせてみせる」

「あ、そうか!!　母上も王都にいるんだ……じゃあ、マリア姉様に話したの？」

「マリア様への呼び方が安定しないな……まあいい。彼女はアイラさんが無事だと知って喜んでいたよ」

「ナオは母上と会えるの？　それなら俺のことも……」

「いや、すまない……アイラさんに報告する前に、私は王都を立ち去ったんだ。腐敗竜の一件で民衆に名前が知れ渡ったせいか、国王様は私が本気で自分を退《ひ》かせて王位の座に就くのではないかと疑っている」

「そんな馬鹿な……」

「もちろん私は王の座を望んでなんかいない。ゆくゆくはどうなるにしろ、今は王妃の子供が王になることを阻止できればそれでいいんだ。だが、私が王都に滞在し続けるのは危険すぎる。実際に何度も刺客に襲われたからな……」

「刺客⁉」

「大丈夫だ、シノビという御仁《ごじん》が私のことを警護してくれたよ。あの男は本当に強いな……一度手合わせしたいほどだ」

腐敗竜の一件でナオがマリアとともに王都に滞在していたときに彼女の護衛をしていたのはシノビらしく、王妃から送り込まれた刺客を全員返り討ちにしたという。暗殺者に対しては暗殺者のプロを護衛にするのが一番であり、マリアがわざわざ彼女のために護衛に付けさせたのだとか。

「随分と長話をしてしまったな。私はここで帰らせてもらう……私に用事があるときは氷雨のギルドに来てくれ。しばらくはギルドを拠点に団員集めを行う」

「分かった。気をつけてね」

「ああ、私の聖光石を頼んだぞ」

ナオは話を終えると立ち上がった。あまり長居していると、どこかに潜んでいるかもしれない刺客の人間に見られる可能性もある。

ナオは白馬に跨ってレイトに手を振った。

「元気でな、また会おう!!」

「ばいば～い」

「クゥ～ンッ」

騎士らしく、颯爽と白馬に跨って立ち去るナオを見送りながら、レイトは彼女とマリアがとてつもない事態に巻き込まれていることを知る。二人の助けになりたいとは思うがレイトも王国から追われている立場であり、派手な行動はできない……今さらの話だが。

「……そういえばコトミン達、随分と遅いな。は、まさか魚を乱獲しすぎて捕まったのか⁉ 今頃、コトミンのほうが逆に皿の上に載せられている頃か……」

「なんか失礼なことを考えてる」

『ぷるんっ』

「あ、無事だった」

背中の籠《かご》に大量の魚を入れたコトミンが家の前に戻ってきた。その後ろにはスラミンとヒトミンもいる。魚取りは大成功に終わったらしく、彼女は籠をレイトに手渡す。

「んっ……保管お願い」

「俺の収納魔法が冷蔵庫と化している気がする……収納!!」

腐敗竜との戦闘でレベルが60を超えているレイトの「収納魔法」の制限重量は大幅に増加されているため、これくらいで容量がいっぱいになることはない。

レイトが籠ごと回収しようとしたとき、底のほうに何かがいることに気づいた。

「あれ？　なんだこれ……コトミン、なんで籠の中にたこが入ってるの？　君、川に行ったんでしょ？　どこまで魚取りに向かったの？」

「ちょっと遠出してきた」

「……今日はたこ焼きでもするか」

「わぁいっ」

無邪気にはしゃぐコトミンに呆れながらも、レイトは昼食の準備に取りかかる――

月が導く異世界道中
Tsukiga Michibiku Isekai Dochu
あずみ圭
Azumi Kei
1~15
8.5
シリーズ累計
140万部の
超人気作！
（電子含む）
2021年
TVアニメ化！
CV 深澄 真：花江夏樹
巴：佐倉綾音 澪：鬼頭明里
監督：石平信司 アニメーション制作：C2C
異世界へと召喚された平凡な高校生、深澄真。彼は女神に「顔が不細工」と罵られ、問答無用で最果ての荒野に飛ばされてしまう。人の温もりを求めて彷徨う真だが、仲間になった美女達は、元竜と元蜘蛛!? とことん不運、されどチートな真の異世界珍道中が始まった！
月が導く異世界道中
あずみ圭
薄幸系男子の成り上がりファンタジー、開幕！
なんてだろう親の都合で異世界へ
読者賞受賞作！
●各定価：本体1200円+税
●illustration：マツモトミツアキ
1～15巻 好評発売中！
コミックス
1～8巻
好評発売中！
月が導く異世界道中
1
あずみ圭
木野コトラ
とことん不運、されどチート!!
29万部
漫画：木野コトラ
●各定価：本体680+税 ●B6判

転生者の能力を決めるガチャで大当たりを引いた俺、アキト。おかげで、顔は可愛いのに物騒な能力を持つという、チート王子様として生を受けた。俺としては、家族と楽しく過ごし、学園に通って友達と遊ぶ、そんなほのぼのとした異世界生活を送れれば良かったんだけど……戦争に巻き込まれそうになったり、暗殺者が命を狙ってきたり、国の大事業を任されたり!?　こうなったら、俺の能力を駆使して意地でもスローライフを実現してやる!

◉各定価：本体1200円＋税　◉Illustration：オギモトズキン

小国バルファレストの第六王子レオンは、父である王の死をきっかけに、王位を継いだ兄によって追放され、さらに殺されかける。しかし実は彼は、二千年前に四英雄と呼ばれたうちの一人、獅子王ジークの記憶を持っていた。その英雄にふさわしい圧倒的な力で兄達を退け、無事に王城を脱出する。四英雄の仲間達も自分と同じようにこの時代に転生しているのではないかと考えたレオンは、大国アルファリシアに移り、冒険者として活動を始めるのだった——

◉定価:本体1200円+税　◉ISBN 978-4-434-27775-7
◉illustration:紺藤ココン

この作品に対する皆様のご意見・ご感想をお待ちしております。

おハガキ・お手紙は以下の宛先にお送りください。

【宛先】

〒150-6008 東京都渋谷区恵比寿4-20-3 恵比寿ガーデンプレイスタワー 8F
(株) アルファポリス 書籍感想係

メールフォームでのご意見・ご感想は右のＱＲコードから、
あるいは以下のワードで検索をかけてください。

アルファポリス　書籍の感想　検索

ご感想はこちらから

本書は Web サイト「アルファポリス」(https://www.alphapolis.co.jp/) に投稿されたものを、改題・改稿、加筆のうえ、書籍化したものです。

不遇職《ふぐうしょく》とバカにされましたが、
実際《じっさい》はそれほど悪《わる》くありません？ 5

カタナヅキ

2020年　10月31日初版発行

編集ー藤井秀樹・宮本剛・篠木歩
編集長ー太田鉄平
発行者ー梶本雄介
発行所ー株式会社アルファポリス
〒150-6008 東京都渋谷区恵比寿4-20-3 恵比寿ガーデンプレイスタワー8F
TEL 03-6277-1601（営業）　03-6277-1602（編集）
URL https://www.alphapolis.co.jp/
発売元ー株式会社星雲社（共同出版社・流通責任出版社）
〒112-0005 東京都文京区水道1-3-30
TEL 03-3868-3275
装丁・本文イラストーしゅがお
装丁デザインーAFTERGLOW
印刷ー図書印刷株式会社

価格はカバーに表示されてあります。

落丁乱丁の場合はアルファポリスまでご連絡ください。

送料は小社負担でお取り替えします。


ISBN978-4-434-28007-8 C0093